# カミーラと呼ばれた230日

## ―ベネズエラで誘拐されて生還した私と、その間の息子達の行動の記録―

雨宮 洋子・雨宮 正明 著

吉岡 正和 編

東京図書出版

写真１　雨宮洋子、正明

**写真2　ボロタ**

①中央左側の家が第一のアジトで、隣家も接しており、もっと高い建物と想像していた。②③今は所有者が変わって工事中で、③のがれきがあるところにガレージはあったという。右の窓が外から見えないように細工されていたものと思う。④夫が発見された辺りだが、正確な場所は不明。今回初めて正明と行って線香をあげた。

**写真３　「生存の証拠」として送られてきたポラロイド写真**

枠の上に *El Universal*, 3-6-03（*El Universal* は新聞の名前で、3-6-03は発行日、2003年６月３日）、下に Yoko Yoshioka de Amemiya（旧姓も書く）、右上と下に「洋子」と漢字で署名してある。着ているのは支給された「厚手のスポーツウエア」。

**写真4**

1995（平成７）年、長女麻理が日本から来た際に５人そろって撮影。

写真5

2014（平成26）年5月、秀樹の長女ナオミの15歳誕生パーティーで、在ベネズエラの雨宮一家。左は秀樹夫婦、秀樹の長男ヒデキ・ホセと長女ナオミ、右は正明夫婦。正明の長男一朗は欠席。

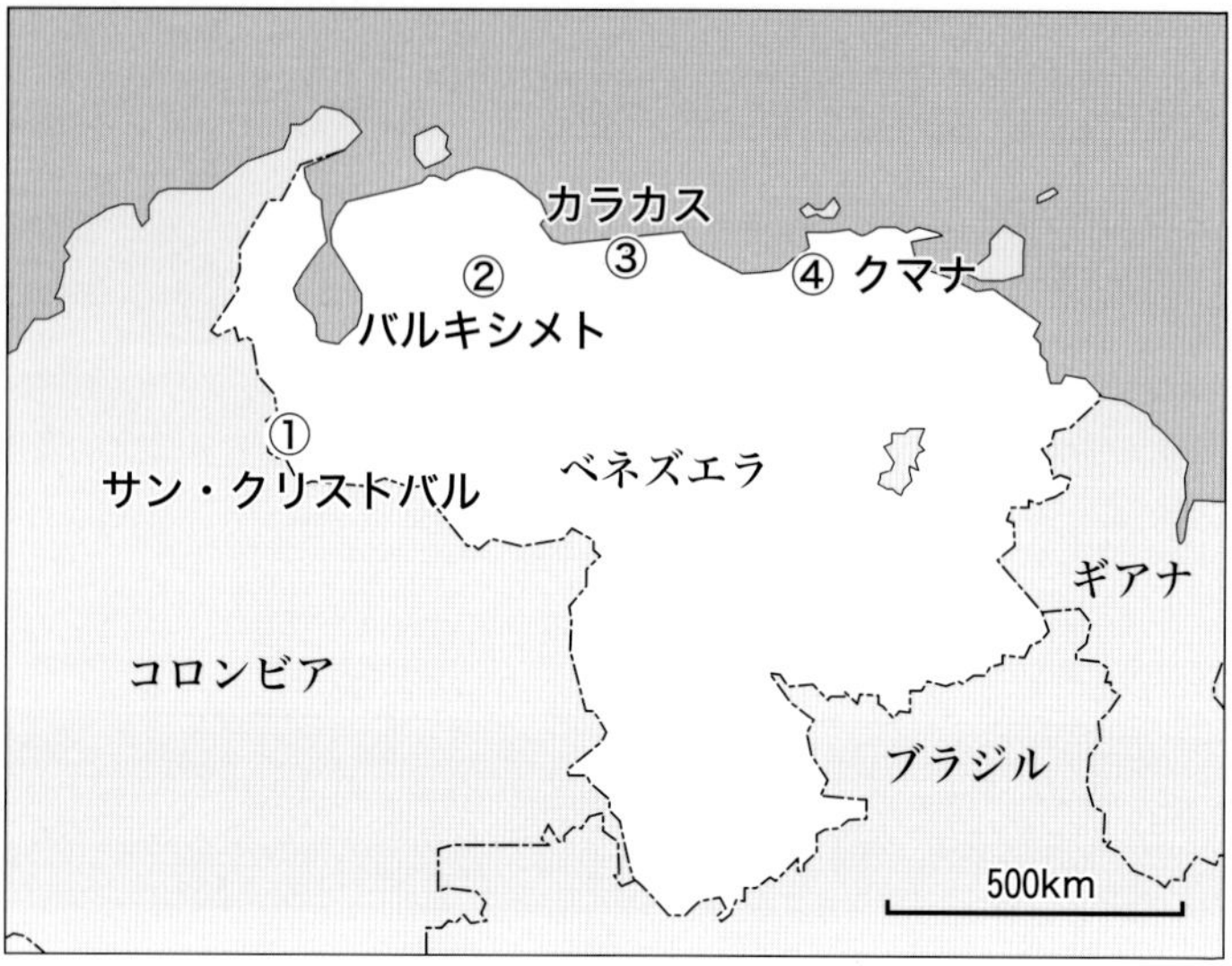


**地図１　ベネズエラ全土**

北はカリブ海に面し、西はコロンビア、南はブラジルと接している。①サン・クリストバル（タチラ州）、②秀樹がいるバルキシメト（ララ州）、③首都カラカス（ミランダ州）、④正明のいたクマナ（スクレ州）。

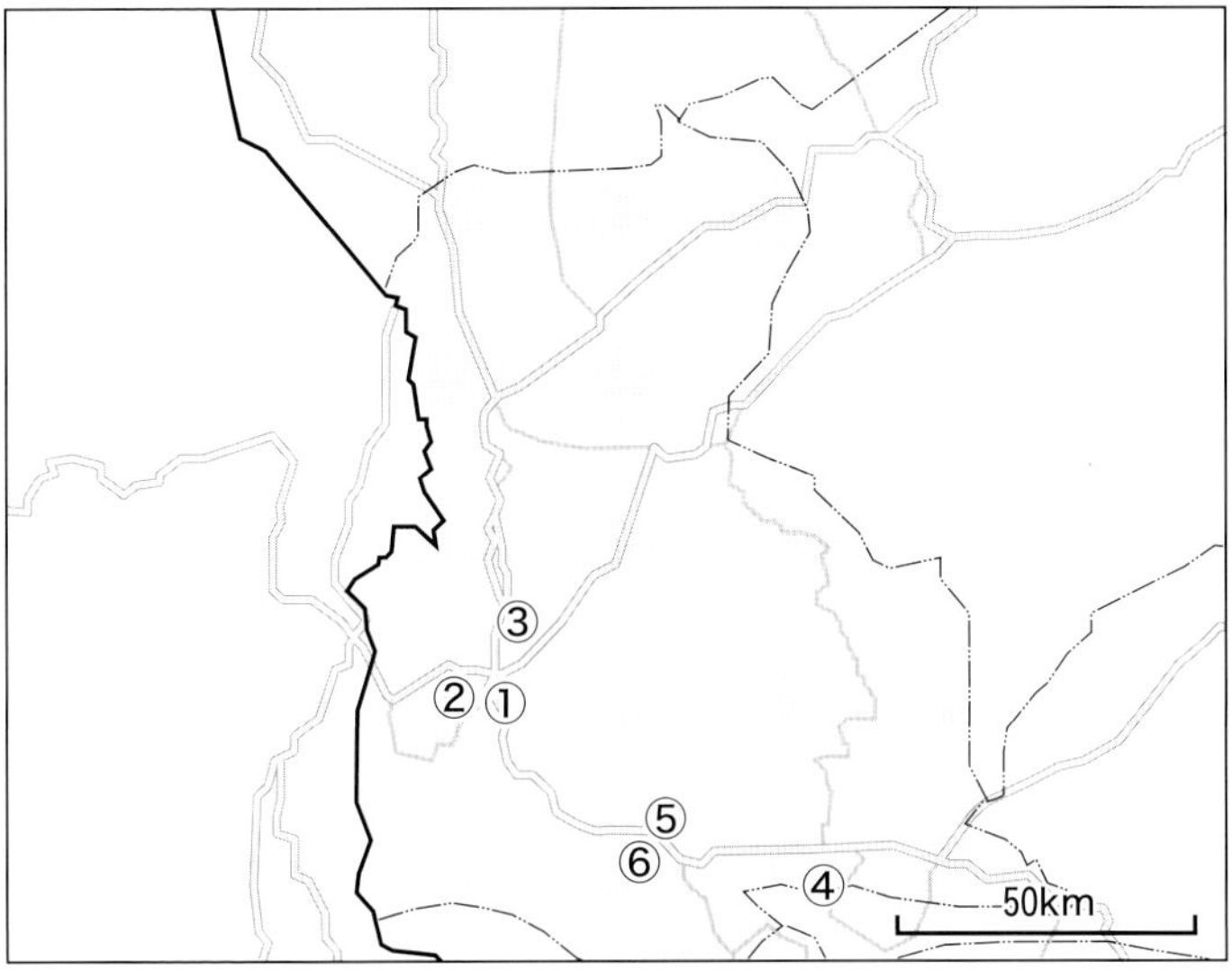


地図2　タチラ州

網掛け部分がタチラ州で、実線はコロンビア国境線。①サン・クリストバル、②深山さんや長谷川さんの住むエル・バージェ、③第一のアジトのあったボロタ、④解放されて神父さんと出会った推定場所、⑤迎えに来た子供達と再会した場所、⑥サント・ドミンゴ空港。

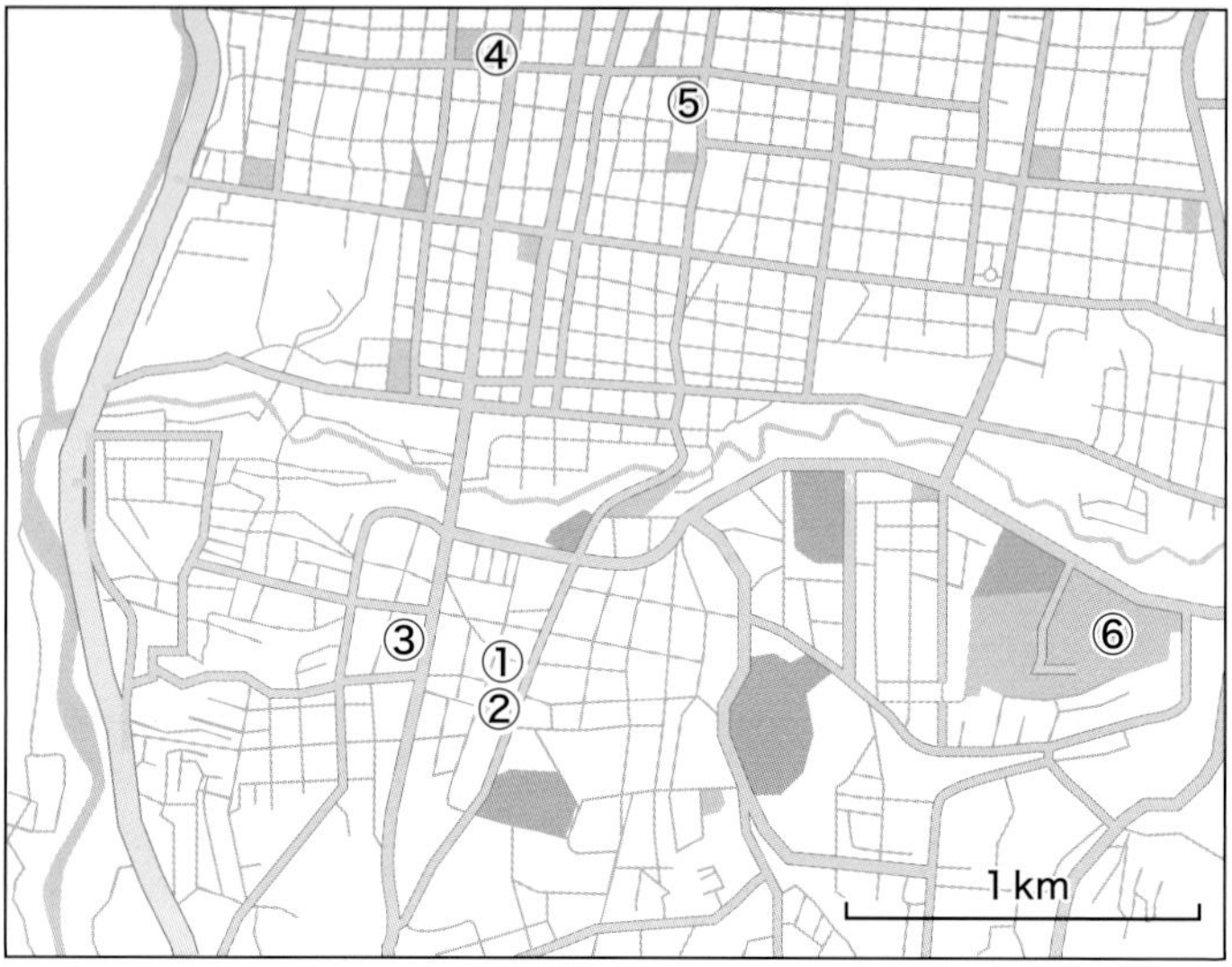


**地図3　サン・クリストバル中心部**

① Casa Nippon と自宅、②自宅前のミランダ公園、③生還感謝ミサと一周忌ミサを行ったエル・ロザリオ教会、④葬儀が行われたラ・エルミタ教会、⑤「生存の証拠」の写真が置かれていたサン・カルロス公園、⑥ミラドール・メトロポリタン霊園。

# はじめに　――正明

母洋子は本を読むのが大好きである。本を好きなだけ読める人生ならば、どこに住んでいても満足であると言い、自分でも色々と書いていた。

そして忌まわしい誘拐事件の被害者となり、監禁されていた時でさえ、書くことを忘れなかった。自身ではどうすることも出来ない最悪の境遇の中で、書くということに光明を見出したという。

約7カ月、230日に及ぶ監禁の苦しみを綴ったノートは2～3冊となっていたが、解放される時、それを持ち帰ることは叶わなかった。

母が自由を取り戻し、我が家での落ち着いた生活に戻った数カ月後、日本にいる弟、正和叔父の勧めもあって、事件の記録を残そうと思ったが、どうしても書くことが出来なかったという。以下に示す事件当時の私や兄秀樹の記した記録も、母は、心理状態が平常でなくなるということで、読むことは勿論、話題にすることも出来なかった。

その後約10年を経過し、自分の経験を少しずつ記す一方で、息子たちが何を考え、どう行動したのかという事にも考えが及ぶようになってきたという。

ここに、２００２（平成14）年11月17日に誘拐され、２００３（平成15）年7月4日に生還した母洋子の記録と、その間の長男秀樹と次男である私正明の行動の記録を記したい。

ここに記した日本語の文章は、私、正明がスペイン語で書いたものを、熊本県出身の清田敬弘さんが翻訳してくれたものであり、その多大なご苦労に感謝したい。

私達を、進むべき道に導いてくれている亡父朗に捧げる。

# カミーラと呼ばれた２３０日 ❖ 目次

# 一　発端

――洋子記

## 散歩の日課

それはいつもの日課だった。

私達夫婦は、車で5分程の所にある国立公園まで行って公園内を二回り、約50分かけて歩いていた。月曜から土曜にかけては散歩から8時に帰宅し、8時45分に店を開くのが常だった。


**2002（平成14）年11月17日、**その日は日曜日。

その日、夫は平日より遅い時間の9時に車庫へ下りていった。後で聞いたところによると、車庫を開け、外を見渡したが人気はなかったという。

ちょっと前にトヨタカムリの輸入車を買い、夫はごきげんだった。その車を大切に扱い、車庫から出す前は充分に「油を行きわたらせる」為、エンジンを数分かけるということを毎回くり返していた。私は、危ないから早く車庫から出した方がよいといつも言っていたが、「車に興味もなく、横に座っているだけで、運転もしない人間の言うこと」と聞き入れなかった。車というものは、乗る人の命を預けている、大事に丁寧に扱うもの、というのが口グセだった。

夫が車庫を開ける音を、私は運動着に着替えながら聞いていた。しかしすぐ閉まる音がしたので、何か忘れ物でもしたのだろうか、今までそんなことはなかったのに、と思った。そしてすぐ、1人の若い男がピストルを手に、私のいる応接間に飛び込んで来た。その時、私は誘拐されるとは思わず、強盗に入られたのだと思った。

誘拐事件は多くて、その当時、タチラ（Táchira）州で誘拐されたままの人は20人くらいいた。主として大牧場主・大資本家で、近所、友人の中にも誘拐されたり、解放されたりした人がいたので、私達も注意していた。

タチラ州はベネズエラ西部の山岳地方に位置し、コロンビアと国境を接している。私の住むサン・クリストバル（San Cristóbal）市はタチラ州の州都で、海抜818メートル、人口は約35万人、気温は一年中25～28度で、30度を超えることは少ない。季節の変化は雨期と乾期であり、乾期といっても雨も降り、雨期というとスコールの回数と量が多くなって、気温が20度近くまで下がることだけである。20度になれば肌寒さを感じる。年間を通し、熱帯夜は数回あるが、クーラーは生活必需品ではない。サン・クリストバル市は気候が良いので、これといって特別の産業はないのに、人口が増え続けている。実はこれは逆で、気候の良さから1561年に農園主達の保養地として建設されたという歴史がある。

驚きの声をあげる私に若いモレーノの男（Moreno、色の浅黒い人を指す）は、静かにしろ、とピストルを突き付けてきた。男の方もあわてているらしく、覆面をしていなかった。ピストルを突き付けられながら、私は28段ある階段を駆け降ろさせられた。車庫には3人の男がいて、覆面（目の部分だけ開けて鼻も口も覆った目出し帽）をつけ、ゴム手袋をしていた。車庫はしっかり閉められ、出入り口の戸には曇りガラスがはめ込まれているので、外から覗く術もない。

私達の住んでいるラ・コンコルド地区には幼稚園から大学まであり、各州に一つずつある国立病院もすぐ近くである。その上、自宅前の通りは商店街なので、6時半頃から人、車を問わず往来は激しい。ベネズエラの学校は朝7時に授業が始まるが、この日は日曜日。ふだんと違い10時頃までは静かである。

私は目と口を粘着テープで念入りに巻かれ、手足を縛られた。犯人達は携帯電話で拉致成功とどこかに伝えていた。そして、私はカムリのトランクに、夫は後部座席の床に押し込まれた。新車のカムリは、私がトランクに押し込まれて寝かされても充分な広さがあり、床は厚い敷物がついていて体は痛くない。何かの本でプロパンガス車に押し込まれたが、ガスの元栓を閉めて、コトナキを得た……ということを読んだことがある。車がエンストを起こせばよい……、この車が事故を起こせばよい……、私はとめどもないことを考えながら祈った。トランクを足で蹴り上げても走行中の他の車が気付いてはくれまい。かえって犯罪者達に怪しまれることになるかもしれない。

ベネズエラには各々の街の入り口に、日本流の警察でも軍隊でもない、国家警備隊の検問所がある。そこを通過する時は求められれば身分証明書を提示しなければならない。ここに住む人は、ベネズエラ人であれ外国人であれ、幼児を除いて身分証明書を肌身離さず持ち歩くことが義務づけられている。検問所を通るだろうか。警備隊員が気付いてくれるだろうか。

とは思っても、街中の検問所はフリーパスのようなもの、まして犯罪者達はどこがよく身分証明書を調べるか知っている。外国——特にコロンビアへの国境はサン・クリストバルから56キロメートルと近い——へ出る場合、必ず身分証明書を出せと言われ、車のトランクを開けさせられる。そんな検問所を通るより、彼らは田舎道、抜け道を熟知しているだろう。

## 第一のアジト

着いた先は普通の民家のようで、車で1時間くらいはかかったと思う。どこまで連れてこられたか全く見当はつかない。しかし、我が家より暑い所と感じた。粘着テープで目かくしされてはいたが、汗でずれた上の方から少し周りを見ることができる。

新しい建物、完成した直後という感じである。天井には明かり取りがあり、屋根はトタンではないが、日本でいうトタン張りのように波打って見えた。天井の形がこれなら、ベネズエラの普通の家のように、周囲の壁はコンクリート造りであろうか。コンクリートであることは、トイレに行った時に触って確認した。

後から正明に聞いたところでは、ここはサン・クリストバルから車で30分くらいで、標高が高いので涼しい所である。暑いと感じたのは、トランクに押し込まれていたり、閉め切った部屋にいたからかもしれない。

窓はたくさんある。しかしその窓という窓は、天井の明かり取りまで含めて、二重にも三重にも細工されている。トタンのようなもので覆い、その上、建築用の鉄骨を10センチおきにはめ込んである。その為、部屋は薄暗く、明かりが入るのは入り口の1メートルの戸だけ。そこには椅子が置いてあり、見張りの男が番をしていた。覗くと居眠りをしたり、熟睡して椅子からすべり落ちそうになったりしていた。

そこはまさしく誘拐用の部屋である。

トイレは入り口の斜め前にあった。用を足したい時はそこまで連れていかれた。

夫と私は同じ部屋に押し込まれたので、少し話は出来た。誘拐ではなくて押し込み強盗かと思っていたので、家の鍵を開けて品物をきっとたくさん持っていかれるだろう、そんなことを話していた。

見張りが椅子にいないと思ったら、猫のように足音をしのばせて私達の近くに来て、低い声を出してボソボソ話しているのに聞き耳をたてていた。近くにいる、ということは気配でわかった。日本語で話をしていたのであるが、会話にスペイン語でも入るかと思っていたのかもしれない。

粘着テープが緩んでいないか調べて、緩んでいればその上から更にまき直したりした。その日は一日中何も食べなかった。いや食べられなかった。水は2リットル入りのペットボトルがあり、それを飲んだ。

私達は二人暮らしである。私達が誘拐されたことはどのようにして人に知れるのだろう。3人の子供達は独立し、それぞれ遠方で生活している。その子供達に、私達のこの突発的な危機がどのようにして伝えられるのか、子供達のことが一番気になった。

長男秀樹がレジデントとして研修を受けている大学病院は、厳しいことと仕事量が多いことで有名で、数日休めば放逐されると聞いている。次男正明はあこがれのトヨタ自動車に勤め、仕事にも慣れ、これから充分の働きが出来ると聞かされてきたのに……。長女麻理は日本で生活している――これは私の一方的な意見を通してであったが――。


窓という窓は光を遮断しているので、時間の感覚が分からない。

2日目の朝は、ニワトリの鳴き声と、なんとなくざわめく外の空気で分かった。何かマイクで放送しているのが聞こえたが、耳が非常によい夫にも、何を言っているか分からなかった。近所に人家がある、このざわめきが生活の音なのだろうか、近所に人がいる、これは間違いない。私達が閉じ込められている家からは、2、3人の男と女の声のみが聞こえ、子供の声は少しも聞こえない。

2日目になって体力保持の為、食事を摂った。「にわとりのたき込みご飯」である。ベネズエラ人に何を食べたいかと聞けば、多くの人がこれと答えるくらいで、一般的にはごちそうである。

おいしいかという問いにシー（Sí、はい）と答えた。俺が作ったと言うのが、見張りの若い男らしい。「おいしい」とか「まずい」の問題ではない。生命を維持する為に、口からものを入れる。それを黙々としているにすぎないのだ。


食事の後、「私はフェへ（Feje、ボス、親方）だ」と名乗る男が来た。声から想像して若いと感じた。

「私達はあなた達の誘拐に成功した、私達はゲリージャ（Guerrilla、ゲリラ）である、私達は300万ドル（1ドル100円として3億円）を要求する……」

と言った。

「そんな金があるわけがない、あなた達は私達をよく調査しないで誘拐した、私達の経済状態、店の規模をよく調査し直した方がよい」

と、夫は問題外という答えをした。

後から聞くところによると、最初は途方もない金額を要求するのだという。その額を示し相手の態度を見ているのだという。交渉するということは、いくら値切るかということであるらしい。ゲリージャ達は、人質と家族の精神状態を見ながら交渉し、自分達もねばり、相手を精神状態の面から攻めていく、そんな感じである。

お話にもならない、私達の態度はそれで、また300万ドルはそうとしか言いようのない額であった。

その後、夫だけ呼び出された。彼らが言うのに、2人を誘拐しているのではお金ができない、セニョーラ（Señora、奥さん）は人質として残し、セニョール（Señor、ご主人）は解放する、身代金を支払えばセニョーラは解放する、早くお金を用意するように、とのことだったという。

「お金をつくって必ず助けるから」

「子供達のお金は使わないで、私も頑張るから」

「子供達の為にも頑張ろう」

会話らしい会話はそれだけで固く手を握りあって別れた。それが永遠の別れになろうとは。

この第一のアジトにいたのは2日間くらいであろうか。

# 二　不意のニュースと最悪の出来事

——正明記

私はそれが父の声を聞く最後になるとは思いもせず、2002年11月16日土曜日の夜、いつものように両親に電話をかけた。

私が電話をかけた際に父が受話器を取ると、いつも私はおどけた振りをして「カサ・ニッポン（Casa Nippon）の社長さんですか？」と尋ねる。すると、「いいえ、カサ・ニッポンの小使いです」とユーモアたっぷりに父は応える。それから会話が始まる。仕事のこと、身体の調子、旅行のことなど聞いてくる。母が受話器を取っても、父と同じように、「カサ・ニッポンの社長さんですか？」と尋ねる。母は「いいえ、カサ・ニッポンの会長です」と答える。それは電話でのやりとりのとても楽しいひと時だった。

次の17日日曜日の午後、私はカラカスに住んでいる、以前の仕事仲間のエドワルドから電話を受けた。彼はグロボビション・テレビ・ニュース（全国放送されているテレビ局）を観ていて、サン・クリストバル市で夫婦の誘拐事件が起こり、その姓はAmemiya、父の所有する車と同種の車が人気のない所に乗り捨ててあったと知り、直ぐに私に知らせてくれたのであった。最初これは悪い冗談だと思った。しかし彼は本当だと強く言い張った。

私は姓を混同されたのかもしれないと考えたが、直ちにサン・クリストバルの両親の家に電話をかけた。すると知らない人の声で、自分はポルティジョ刑事だと答えた。ポルティジョ刑事は、

「あなたのお父さんの車が人気のないところに乗り捨てられているのが見つかり、その車のグローブボックスの中に入っていた書類で車の所有者の名前を調べて、この家にたどり着いたのだが、家のドアは開けっぱなしになっていて、家の中には誰もいなかった」

と言った。

またその刑事が、サン・クリストバルに家族がいるかどうか尋ねたので、私は「いいえ」と答えた。今どこにいるのか尋ねられたので、クマナ（Cumaná）にいるが今すぐ飛行機でそちらへ向かうつもりだと返事した。その電話の後、私は兄の携帯電話をダイヤルしたが、なかなか出てくれなかった。やっと出たところで、家で何が起こったか伝えた。兄は丁度手術の直前で手術室にいた。私同様非常に驚いて、できるだけ早くサン・クリストバルへ行くと言った。

私はかばんに少しだけ服を入れて出た。短時間で、素早く、最良の方法でこの事件に対処し

なければならないと思いながら、空港へ向かい、カラカス便とサン・クリストバル直近のサント・ドミンゴ（Santo Domingo）便を探した。予約をしていないのでチケットが取れるかどうか心配したが、幸いにもカラカス行きもサント・ドミンゴ行きも入手できた。サント・ドミンゴ空港へ着いた時、刑事が２人、私を家へ連れて行くために待っていたのには驚かされた。どうして私の乗っている飛行機が分かったのか不思議に思って尋ねたら、この時間帯にカラカスから来るのはこの1便だけだからと、いとも簡単な答えだった。

私を迎えに来た警察の車は、私が現に働いているトヨタのライトバンだったのを思い出す。そのモデルは特に優れた性能の高い車両だった。私はその自動車の組み立て工場のモーター部の監督をしていた。

同じ日、兄は朝5時に起きて、シャワーを浴び、朝食を摂り、ララ（Lara）州バルキシメト（Barquisimeto）市のアントニオ・マリア・ピネダ西部中央大学付属病院（Hospital Central Universitario “Antonio María Pineda”）の当直勤務に出た。

彼はリサンドロ・アルバラド西部中央大学（Consejo Universitario de la Universidad Centroccidental “Lisandro Alvarado”〈ＵＣＬＡ〉）医学部の一般外科レジデント（Residencia De Post Grado Universitario De Cirugía General）の3月開始の1年目であった。

いつものように、兄は当直を引き継ぎ、患者に外科治療を施していた。最初の腹膜炎患者の手術を終え、手術室の掃除が終わって2番目の患者が部屋へ入った丁度その時、両親が誘拐されたという思いも寄らない話を私からの携帯電話で知ることになった。私は今からカラカス経由で今日中にサン・クリストバルへ行くと伝えたが、兄も急遽手術を代わってもらい、病院を退出し家へ帰った。アパートへ着くと、直ちに妻アリス（Alix）、息子ヒデキ・ホセと娘ナオミ共々、出発の用意をして、自分の車を運転してサン・クリストバルへ向かった。

途中、兄は、両親の誘拐は人違いで誰かと間違われたのではないかと思ったという。両親は裕福ではないし、玩具や雑貨類を売っている小さな店の2階につつましく暮らしている。それ故、誘拐犯達は自分達の間違いに気付いて早い時期に両親を解放するだろうと、希望を持ったという。

兄も私と同様、日本で勉強したり働いたりしてきた。私は国立タチラ工科大学（La Universidad Nacional Experimental del Táchira）機械工学部を卒業後にクマナのベネズエラ・トヨタで働いていたが、愛知県のトヨタのプラント本部へ派遣された。会社は日本での滞在費用、給料、転任費用など多額の金額を支払ってくれた。一方、兄は国立ロス・アンデス大学医学部（La Facultad de Medicina de la Universidad de Los Andes,〈ＵＬＡ〉）を卒業して医師となって3年目から、日本の文部省の奨学金を受けながら山梨医科大学に留学し、家族と山梨県に住んだ。しかし兄の家族4人が日本で生活するのに奨学金だけでは経済的に無理があり、父からの援助を受けていた。お陰で兄は6年間日本で勉強することができた。ここまで考えてきて、兄は両親がお金持ちだから、多額の留学費用を送っていたと犯人達が勘違いをしているのではないかと思いついたという。

私は午後8時に家に着いた。両親の日本人の友人である深山みち江さんと息子の孝博さん、内村堯彦さん達がいた。彼らは私達の両親が2人だけで住んでいて、何かあった時は必ず息子達がここへやって来ると知っていたから、ここで私の帰りを待っていてくれたのだ。兄一家は10時ごろ到着した。明日私達はＣＩＣＰＣ（Cuerpo de investigaciones Científica Penales y Criminalísticas：国家機関で、刑事犯罪科学捜査隊と訳しておく）に申告のために出頭しなければならない。正確な状況は不明ながら、誘拐犯達が両親の散歩の時刻を知っていたと推測された。私は、犯人達が家に押し入ったのは明け方で、長時間かけて金目のものを物色した可能性があると考えた。家の向かいに住んでいるアリリオ・セリスさんが、明け方に母の悲鳴を聞いたような気がしたと話してくれた（結果的にこれは間違いの情報であった）が、その時は事実かどうか分からなかった。家のガレージの扉は半開きになっていた。

サン・クリストバルから車で約25分のエル・バージェに住んでいる長谷川たかしさんにも、この事件を知らせた。彼は我が雨宮家とは頻繁に行き来しており、数年間店を手伝ってくれていた。ずっと以前に高校数学教師の資格を取っている。

テレビニュースで報道されたので、知人達から絶えず電話がかかってきた。「これ、本当？うそ？」と。

翌日11月18日ＣＩＣＰＣのアレハンドロ・モラレス刑事とルイス・モンロイ刑事――彼は後にＣＩＣＰＣの管区長まで昇級したが、２０１３年にある誘拐事件の人質救出の際に殉職している――が家にやって来た。彼らは申告書を受け取った後、今までの捜査で分かったことを説明してくれた。両親を連れ去った車は青色のチェロキー（アメリカ製の四輪駆動車）であること（実際には父の車で連れ去られていることは母の手記の通りであり、父の車を家の近くまでわざわざ乗り捨てに来たようである）、犯人達が初心者であれば、人質を何週間、何カ月も監禁したままにしておくことは非常に難しいので誘拐期間は短くなるだろう、しかしゲリージャ（ゲリラ）が絡んでいると組織化されているので長期戦になるだろう、父の車を検証したが犯人達の指紋は残されていなかった、指紋を残さないために使われたと思われるゴム手袋が近くに捨てられていた、といったことであった。

毎日曜日、両親はエル・バージェの深山家を訪問する習わしであった。２００２年9月15日の日曜日も午後から出かけて夜になって帰宅すると、ガレージの鉄製の扉が壊され、泥棒が家の奥まで入って来て、ビデオカメラ、携帯パソコン、現金などが盗まれていた。床の上に、マットレスや紙くずに交じって銀行預金通帳などが散らかっていて、足の踏み場もない有り様であったという。近所の人が見知らぬ2人の若者が、大きなビニール袋を抱えて家の中から出てくるのを見かけたが、誰かに見られているのに気づいたらしく、あたかも奥に向かって別れの挨拶をしているかのように振る舞いながら出て行ったそうである。このことも今回の誘拐事件に関わりがあるのかもしれない。

サン・クリストバルから車で30分、25キロくらいの所にボロタ（Borotá）という小さな町がある。11月18日の夜、停電にもかかわらず、一軒の家からボリュームを最大にした音楽が流れていた。不審に思った近所の人が注意して見ていると、少なくとも2人が登山帽を目深くかぶって銃器で武装しているように見受けられた。それで直ぐにこの町のただひとつの警察署へ通報した。2名の警官が車で駆けつけて来た。何の障害もなく駐車し、その家のドアをたたくと、女が1人家の中から出てきた。それで警官が「何をしているのか？」と尋ねると、「私は夫とここに住んでいます」と非常に神経質に応えた。「どこにあなたのご主人はいますか？」と、警官が更に尋ねると、「ビールを買いに行っています。もう直ぐ帰って来るでしょう」と言って、家の中へ入ってしまった。それで警官達はその女の態度に不審を抱き、その夫の帰りをそこで待つことにした。

しばらくすると家の中で車にエンジンをかける音が聞こえた。その家のガレージの門は閉じられていたが、内から車をぶち当てて、2度目の試みで門が壊れ、赤ワイン色のチェロキーが飛び出してきた。その車が逃げようと試みている間、警官達に向けて発砲してきたので、警官達も応戦した。その集団が用いた武器は9ミリの自動拳銃だった。警官達の持っているのは旧式の38口径のピストルだった。こんな場面に際して何の訓練もできていない警官が、たった2人で、しかも1発ずつしか発射できないピストルで、大勢の武装集団に立ち向かっても何の成果も得られないのは当然のことだった。撃ち合いがあった所から約200メートル離れた所に、2本ほどタイヤがパンクしてそのチェロキーは止まった。そしてその家にいたと思われる者も車に乗っていた者も、近くの森の中へ走り去った。それから警官達はその車に近寄って、後部座席に何かで縛られたまま、身体に数発着弾している父を見つけた。

11月18日月曜日の夜、サン・クリストバルは稲妻を伴う雲に覆われていたが、雨は降っていなかった。19日の夜明け前の3時頃、由美子叔母から、絶対大丈夫だから、絶対帰ってくるから、なんでも力になるから、と励ましの電話を受けた。その後、強く雨が降り始めた。そして午前5時ごろ、表ドアのベルがしつこく何回も鳴らされた。玄関に出てみると、タチラ州警察のパトロールカーから警官が降りてきて、昨夜（18日）、警官と誘拐犯との銃撃戦が起こり、父が死亡したという信じられないことを知らされた。

私達は夜が明けてから死体安置所を訪れた。その時、係の捜査官から、母は別の場所へ誘拐犯によって連れて行かれたようだと告げられた。父の死体確認に安置室に入った。父の遺体は見た目にとても痛々しかった。顔に打撲による小さな血腫があった。両手首は針金か何かで縛られていたためか、紫色になっていた。顔の右頬にも弾丸の進入痕跡があった。これと弾道からして、父を射殺したのはチェロキーを運転していた男だと推定された。兄は父がもう冷たくなってしまっているのにもかかわらず、その心臓の蘇生を試みた。これは激痛、苦渋、困惑、無気力を伴う決して目覚めることのない悪夢だった。

ＣＩＣＰＣ（刑事犯罪科学捜査隊）は、父を誘拐、幽閉していた家で、国家体制の破壊やサパティスタ民族解放軍について述べている書籍、ＥＬＮ（コロンビア解放軍）のキーホルダー、偽造州警察手帳、衛星情報、その場からの脱出路の地図などを押収した。その家は不動産屋を通して誘拐犯達が借りていて、他にも借りている家屋が見つかったが、警察がそこへ踏み込んだ時にはほとんど全部持ち出された後だった。残されていたのは逃げ道の地図だけだった。

不動産屋によれば、その借主は家賃支払いについての文句も言わず、現金で支払ったそうである。書類に書き込まれた住所などはすべてうそだった。問題の車チェロキーは盗難届けは出されてはいないが、犯人達とは何の関わりもない、メリダ州在住の人の所有だった。

ＣＩＣＰＣのマルケス・ロボ長官は、捜査は進んでいる、誘拐犯達の身元も判明した、もう少しで彼らを逮捕できるだろうと語った。また警察は、犯人達が少なくとも2台の車を持っていて、彼らの幾人かはボロタの町の人達とサッカーをしたり、町に溶け込んでいて、外見上から彼らの正体を知ることはできなかったと言う。

私達は、両親のうち、どちらかが解放されることを期待していた。なぜなら、身代金の交渉に人質は1人で充分だから。しかし残念ながら、私達の期待は叶えられなかった。父は生きて解放されることなく、その帰還は悲痛、悲惨と無念という形で表された。何故このような残忍なことが起こったのか、父には不公平な運命だと思った。もしこの銃撃戦が起きなかったら違った方向に運命が向いたかもしれないし、もし熟練した特殊部隊が出動していたら、こんなことにはならなかったかもしれないと、繰り返し繰り返し考えた。

こんな悲劇的な状況の中で、父の埋葬手続きのために色々な書類を調べていて、思いもかけず墓地所有の書類を見つけた。通夜をするには葬儀屋が必要であり、父が懇意にしていた葬儀屋があるなど思いもしなかったのだが、その葬儀屋で通夜をすることにした。必要書類にサインして、死体安置所から父の遺体を引き取り、葬儀会場に移した。

私は葬儀用のスーツを持っていなかったので、ジョン・タケシタ（竹下）君に洋服店へ一緒に行ってもらった。そこの店員がスーツの色を聞いたので、黒だと答えたら今度はネクタイの色を聞いてきた。私はまた黒だと言った。するとその店員はじっと私を見て、葬式用だと分かったらしく、「あなたは遺族の方ですか?」と尋ねた。私はそうだと答えた。次には「どなたが亡くなられたのですか?」と聞いたので、「父です」と答えた。そしたらひどく驚いた様子でお悔やみを言った。この事件のニュースはサン・クリストバル中に知れ渡っていた。私達に起きたこの残酷かつ悲惨な事件は、地方新聞をはじめ、新聞、ラジオ、全国テレビ放送で報道された。

その朝、ルビオ(Rubio)という町に住んでいる日本人の大道君が、母が解放されたというわさを聞いてジョン君に話し、彼がそれを私に伝えてくれた。私はちょっとの間喜んだが、すぐ誤報だと分かった。このような時は様々な風評が飛び交うものだ。耳を傾けても、それはうわさだと認識しなければならない。真実の情報は実在をもとにして確かめられた情報だけである。

父の遺体は町のパオリニ葬儀店の葬儀会場に安置され、通夜が執り行われた。たくさんの人々が哀惜の意を伝えに訪れた。たくさんの花や花輪で部屋はいっぱいになった。

タチラ州警察のパトロールカーが10台ばかり葬儀会場に来て、何人かの警察官が降りて来た。私は何か良い知らせかと思ったのだが、彼らは私達を元気付けるために来ただけであって、警察は全力をあげてこの事件を捜査している、落ち着くようにと言って、30分ぐらいして引き揚げていった。

その後、9時頃内村さんが来て、GAES（Grupo Anti Extorsión y Secuestro：脅迫誘拐対策局とでも言おうか、国家機関で国家警備隊とCICPC＝刑事犯罪科学捜査隊の間にあって、単独で捜査したり両機関と共同捜査したりする）のモラレス副局長が私達と話がしたいそうだと伝えた。私達はあるレストランへ彼に会いに行った。副局長はあの問題の家の捜査について説明し、犯人達の身元は完全に確認されていると語った。しかしそれはみんな偽名、偽証ではないかと私達は思った。

兄夫婦と私は遺族のために葬儀店が用意した部屋に泊まった。アリスのいとこ2人が留守になっている両親の家に泊まり、兄の2人の子供達はアリスの姉アルバの家へ泊まりに行った。アルバは翌日の朝、改めてお悔やみに来た。

私はその夜のお通夜での父の顔を思い出す。お棺の中で父の顔は両目をわずかに開いて、安らかに微笑みかけているようだった。

翌日の11月20日、最後のミサを執り行う教会へ行くまで、多くの人が葬儀会場を訪れていた。メリダからは、私がトヨタで一緒に仕事をしたアントニオ君や、父の友人、その娘さんも来てくれた。その友人と娘さんには、兄が今いる大学病院の選考試験に必要な書類の一部を、兄が卒業したロス・アンデス大学に申請して受け取ってもらったいきさつがあった。また彼らがアントニオ君の車でメリダから来る途中、ドライブインで父の顔写真や葬儀の様子の写真が載っている新聞を見つけて購入し、メリダに帰ってから、ずっと以前に日本へ帰った父のサン・クリストバルで最も親しかった友人にそれを送ってくれたが、航空便で送ったにもかかわらず、日本に着いたのは1カ月半も後だったそうだ。

ミサは、アリスの兄エルビス・ペニャ神父によって、葬儀会場の近くのラ・エルミタ教会で執り行われた。教会の祭壇まで父の棺は多くの友人達に担がれた。エルビス神父もそれに加わった。教会の祭壇や通路は花でいっぱいだったし、参列者で溢れていた。私達兄弟は現在サン・クリストバルに住んでいないので、参列者の大部分は知らない人々だった。ミサで教会がこんなに超満員になっているのを見たことはなかった。最前列の二つの長椅子の内側の左右に、兄と私が通路を隔てて座れるよう座席が空けてあった。

私は両親がベネズエラへ来て以来の知り合いである、高校教師のアルヒミロ・エルナンデス先生を覚えていた。当時はある高校の校長をしていて、しょっちゅう、父の店に買い物に来ていた。非常に冗談が好きで、まじめな顔をしているのを見たことは2、3回ぐらいしかなかったほどだ。その先生がミサの終わりに神父さんの許可を得て弔辞を述べた。今でも弔辞の中の感動的な文句を思い出す。

「人々に愛情を施した男がいた、そして人々に愛された男がいた。その男がAkiraだ」

ミサの後、私達は父を埋葬する予定のミラドール・メトロポリタン霊園へ向かった。埋葬にも大勢の人々が立ち会ってくれた。知らない人が大部分だったが、カラカスからも幾人かの日本人が参列してくれていた。中には数年前に誘拐された苦い経験を持つ、フアン・カウア氏、ビト・ピアッザ氏の姿も見えた。また兄や私が卒業式以来、会ったことのない高校の同級生達もいた。

その夜、家に帰り着いた時、アリスが私に言った言葉を思い出す。

「親は子供達が苦しんでいるのを見れば自分達も心を痛める、子供達が楽しければ自分達もうれしい、子供達が悲しめば自分達も悲しむ。子供は親を幸せにしてやるべきだ、前進あるのみ」

しばらくの間、この悲劇について考えた。犯人達が母をお通夜や告別式に出席させるために解放するかもしれないと思ったが、そうはならなかった。私達は犯人達も普通の人間だと思っていたが、人間の心など持っていないようだ。それから母について考えることがたくさん出てきた。母は父の死を知っているだろうか、今どこで、どうしているだろうか、どうしたら母を救出できるのだろうか、私達はこれからどのようにして生きていったらいいのだろうか、経験のない商売をやるべきだろうか。父のお通夜と埋葬のビデオの撮影サービスを葬儀屋に依頼した。それは父の最後の、それも悲しい思い出となった。

家の食堂のテーブルのそばに小さな祭壇がある。その祭壇のある戸棚の仕切りの左側に母方の祖父母の写真が、右側には父方の祖父の写真が飾ってある。そこに父のポートレートを並べて置いた。そこにエルビス神父がろうそくを灯してくれた。その後、私達は常にろうそくを灯し、父の冥福と母の一刻も早い生還を祈った。

父の埋葬の翌日、内村さんが来てこんなことを話してくれた。2、3年前のこと、娘婿のハビエルさんと自分の店を開けに行った時に、1通の手紙——金を支払わなければ家族を誘拐するか危害を加えるという内容の脅迫状——を渡された。内村さんは知人の幾人かの軍人にその手紙を見せて善後策を相談した。結局、ハビエルさんがお金を届けに行った。お金の引渡し場所は、数時間前の強盗団同士の撃ち合いで殺された死体が草むらの中にころがっている、人里離れた、多分コロンビア領内だった。

また内村さんは私達に、こんな時は人質は人ではなく値段を付けられた商品なのである、だからこの種の事件に備えて常に金などを用意していなければならない、更に、誘拐集団は人質をとって身代金を要求するが故に、彼らにとって一番大切なのは人質が生きていることなのだ、と語った。その後も機会があるたびに、内村さんは、信用できる「生存の証拠」なしに、犯人達に身代金を渡すことは金をゴミ箱に捨てるのと同じことだと言っていた。また、別の集団との抗争があるかもしれないし、人質が生きていなくても、さもまだ生きているように見せかけて、古くなった証拠品を送ってきて、身代金を要求するかもしれないと暗にほのめかした。身代金を払っても人質が返されない場合があるとも言っていた。

父の葬儀から2、3日後のこと、私達がCICPCに申告に行った際、兄はたまたま出会った同僚のバエス医師に、父に致命傷を与えたのは顔に当たった弾丸で、他の発砲は致命的ではなかったと教えられた。

# 三　第一から第二のアジト　――洋子記

## 車での移動

誘拐用の家と思われる第一のアジトを出され、歩いて車に乗せられるまでの間は、まるでサーチライトの強い光を当てられているような感じだった。座席は皮張りではなく布である。私は座席でなく床に手錠と鎖付きで寝かされた。鎖と手錠は、それから3カ月間、逃亡させない為（と彼らは言った）に付けられた。歩き回る時と、トイレに行く時以外は付けられたままだった。その金属製の鎖に1ミリくらいの突起があり、皮膚に喰い込み、ガタガタ道では血がにじんだ。運転手を入れて4人くらいのゲリージャがいる。彼らの会話は少なく、1人は全く口を利かない。会話の様子から人数は確認できた。また、女も1人いる。それも肌で感じた。

第二のアジトまで、デコボコ道を、4、5時間くらい車に揺られた。着いた時には、残照が目隠しの隙間から見えた。田舎である。道路はアスファルトではない。周りには緑がいっぱいある。川の音がする。1人の見張りを残し、皆どこかへ行ってしまった。ここにも第一のアジトよりは離れているけれど、近くに家がある、その為、周りが暗くなるのを待っている、そう感じた。

## 第二のアジト

あたりが暗闇に包まれた頃、私は背負われて橋を渡り、坂道を登った。この川は小川でなく、かなり水量があるようで、ゴーゴー音を立てていた。坂道は15メートルくらい続く、急な坂らしい。背負う男と、後ろから背を押す男の息づかいが荒い。登り切るまで2回休みをとった。そして、下ろされ目隠しを取られた場所は、シングルの1×2メートルの金属製のベッド、10センチくらいの厚さのマットレスの上だった。ここが第二のアジトで私にあてがわれた部屋だった。

部屋に落ち着くと男4人と女1人が入って来た。

1人の背の高い男は、色は浅黒く、

「オレがここのコマンダンテ（Comandante、司令官、親方）である、オレ達は誘拐に成功した、今日からの君の名前を『カミーラ（Camila）』と呼ぶ、彼らはラウルとハイロ、彼らが今日からカミーラの世話をする」

と言った。他の2人の名前は言わなかった。皆目出し帽を被っている。彼らは私の前では決してこの目出し帽を取ることはなく、従って素顔を見せることはなかった。

第一夜は粗末な食事のあと敷布2枚と毛布1枚が与えられた。私は安物のカシオの時計をしていた。それが、それからの人質生活の慰めになった。

長い間不自然な姿勢を取らされ、舗装もしていない道を、車の床に寝かされて揺られて来たので、肩が凝っていた。私は手錠と鎖付きである。

体が痛いので少し運動をさせて下さい、この鎖と手錠を取って下さい、と頼んだところオーケイとの返事がきた。しかし、少しでも変な行動を取るとこれがある、と言って肩から吊るしている自動小銃を突き付けられた。女は、このコマンダンテの女房らしく、2人とも体格はいい。
7、8メートル四方の部屋で、丸い蛍光灯が付いている。黄色と濃紺のカラーである。窓も1カ所ある。それも三重になっている。覗き用というか、監視用の穴が三つあった。私は見やすい一つを除いて二つを塞ぎ、部屋の電気を消して、外を、と言っても中庭を見た。もちろん全体が見渡せるわけではない。米粒ほどの穴である。戸は外から内側に開くようになっている。しかも鉄板である。

## 第二のアジトでの生活

前夜はものすごい大雨だった。雨音と川音、それに心労が重なりとても眠れたものではない。この大雨で川が氾濫すればよいと思ったが、ここは高台である。ベネズエラは日本と違い一日中とか一晩中降るということはない。しかし大雨が降ると雨量は大型台風並みで、川がよく氾濫する。

大雨の次の日は快晴と大体決まっている。開けてある戸口から見ると日本の空の色よりずっと濃い空が見えた。私は足首から鎖を付けられてベッドに繋がれている。私の閉じ込められている部屋の戸の前には、粗末なベランダがあり、床は土である。ベランダは中庭に面している。典型的な田舎の家である。その庭には南国特有の原色の花――ハイビスカスだと思う――が咲いている。

「カミーラ、訪問者だ」というハイロの声に、外を見れば、大きさは羽をひろげても10センチにも満たないであろう、クチバシの長いハチドリがミツをすっていた。

私にも羽があったら、自由であったなら……しかし、歩ける場所さえない。このままでは私は解放される前に精神に異常を来すかもしれない……そう思い、努めて精神安定を心がけようと、自分自身に言い聞かせた。

「私は詩を書くのが好きである、いつも家にいる時は書いている、ノートとボールペンが欲しい」

と要求した。

今ノートはないと言って、ノートを破って20枚程の紙をくれた。

私は殴られたりしているわけではない。苦しんでいるのは、家族の方だ。夫は、自分が誘拐されている方がどんなに楽だろう、と思っているとだろう。家族にとっては見当がつかないことばかりであろう。私は、家族のことはなるべく考えないでお祈りをしようと決めた。

閉じ込められている薄暗い部屋の様子を調べた。

部屋にはベッドが一つあるだけである。夜は鎖をベッドに繋ぐが、昼は鎖だけ足に付けられている。調べるといっても壁をよく調べる程度である。新しくペンキを塗ってはあるが、壁の隅の下の方に、見落とされたであろうラファエル（Rafael）という名前があった。そして、あと一つ十字架でも彫ったらしい、へこみが残っていた。これは、私の前に誘拐された人……私の前の住民なのだ。心労と絶望感から、一心に神に祈りを捧げていたであろう男の姿が目に浮かんだ。

私は「南無妙法蓮華経」と紙に書いて、壁の凹凸を見つけて貼った。

彼らは台所をするのに、火を燃やす。食べ物の料理方法からみて、プロパンガスも使っている。

田舎で虫が入って来るので、防虫のために太い木を部屋の隅に置いた。私の手のとどかない所に、である。次の日、私が虫が入るから火のついた木を置いてほしいと言ったら、Noと言われた。私が火でもつけるとでも思ったのであろうか。

私の部屋のベランダの前の庭には、枯れた大木があり、彼らはよく薪割りをしていた。今まで私が見たことのないような、棘のある、イチゴの実がなる木があり、これは木苺とでもいうのであろうか。そのイチゴを沢山くれた。みかんもあったし、バナナもあった。しかし食事は粗末である。彼らゲリージャの食べ物は質素であると思った。

トイレは水洗である。ベネズエラではどんな田舎でも水洗便所である。その水は濁っていたので、川の水をそのまま引いてあったのかもしれない。飲料水はやはり濁っていたが、煮たててある……と言っていた。

ここに来て初めてゴム長グツ1足、クツ下3足、トレーニングウェア3着、下着5着、洗面用具一式が支給された。

誘拐されてから1週間目で初めてシャワーを使うよう言われた。シャワー室には2メートルの高さの壁があり、その上はなにもなく、そこから女がシャワー室を監視していた。何か、隠し持っていないかということを見ていたのだと思った。

この支給した服に着替えるようにと言う。


私は、家にそんな大金があるわけがない、あなた達は人違いで私を誘拐した、よく調べてみた方がよい、とくどいくらい何回も言ったが、それは我々の知らないこと、と言って取り上げてくれなかった。ゲリージャ達の役割は分担されているらしい。

ここで第1回目の写真をとられた。壁に敷布をはり、2人の男が自動小銃を左右から突きつけ、その日の地方紙の新聞を持たされた。誘拐された時の服を着てのことだ。これを見せられる夫や子供はどんなに心を痛めることだろう。泣き顔はいけない、写真を見る人が恐怖を感じてしまう顔も駄目、努めて普通の顔にしよう、拘束されているが虐待されているわけではない、元気である。私は、このような気持ちを家族に伝えたかった。

私は日本語しか書けないと言うと、書けないわけがない、日本語を入れては駄目、と言う。拙いスペイン語で手紙を書き、サインと言いながら日本語で絵文字のように、元気でいる、頑張ろうと書いた。

ベランダにはいつも見張りの男が1人いた。彼らとて居眠りをしたりしているし、四六時中緊張しているわけではない。他の男達は、何か農作業をしている感じである。ここにいる間、ヘリコプターが低空で2回回った。彼らが農作業をしているのは、カモフラージュの意味があるのではないか、別に働いているわけでもない、と思う。

ベランダと前にある庭との間に、トタン板を張り始めた。張り終わってから、私はベランダまで出ることを許された。ベランダの横はカーテンで覆い、横を見えないようにしてあるが、私にとって少し行動範囲が広がったわけである。ベネズエラ人は中庭を好み、ベランダを付ける。熱帯国なだけに、通風をよく考えている。

私はだいぶ以前、日本に住んでいた頃、般若心経を暗記しようとしたことがある。ほとんど忘れていたが、覚えている所を唱えたり、南無妙法蓮華経と唱えたり、そして現在の出来事や心境を、紙が少ないので小さい字で毎日毎日書いていた。書くことは精神衛生上非常に良い。

夕食後7時頃から、私は部屋に入る。ベランダの半分、カーテンの向こう側は私の部屋の覗き穴から斜めに見ることができる。彼らも夕食後はそこにいて、トランプをしたり、また、ろくに読み書きが出来ないハイロが、よく音読している。この穴は彼らが人質監視用として作ったものだろうが、私はそれを二つふさぎ、私の方から見えるようにした。私の方から見るのは部屋の電気を消してからである。

ある日のこと、後ろ向きで立つ、東洋人そっくりの体つきをした男を見たときはびっくりした。町で見かけるような、普通の服装だった。後ろ姿からどう判断するかというと、まず頭髪である。日本人のようなストレートヘアーは非常に少ないのと、ベネズエラ人は体がぶ厚い。その男の後ろ姿を見た時、私は目の錯覚とは思えず、日本語で手紙を書いたら読まれて駄目だろうと絶望感を味わった。

別の時にも、塀の外を覗いていて、ほっそりした若い男が歩いているのを見た。私は近視である。覗いている穴も米粒ほどなのでもちろん断定はできないが、東洋人ではないかと感じたので非常に驚いたことは確かである。この場所で、東洋人らしい男の姿を2回見たことになる。ゲリージャ達は私を監視しているといっても、当番制らしく暇である。薪割りをしたり、1本の棒からナタ（というか、まさかりというか）の柄をナイフ1本で器用につくる。

ある日のこと、台所の辺りでここにいる男達の声ではない、聞き慣れない声を聞いた。それは、腹の底から出るようなバリトンの重々しい声である。何を話しているかわからないが、とにかく、特徴がある男らしい声である。それに受け答えするコマンダンテとセニョーラ（その妻）の声もする。

それから5日くらい経った時、またその声が聞こえた。今度はもっと長くいた。コマンダンテが来て私を部屋の中に入れ、私の横に立ち、別室での話の内容が聞きとれるかどうか窺いながら、私が大声を出すのではないかと監視している感じがした。他の者達の声は低いのに比べて、この男の声は重々しくひびき、軍隊か国家警備隊の人の声だったのではないかと今は思っている。ここはそんな山奥ではない。

私の思うに、この家に何か不審な点があり、それを質しにきたのではなかったか。私が大声を出せば助かるかもしれないと思いつつ、それが外れた場合にどんな制裁を受けるかを考えると、静かにしている他はなかった。

それにこのコマンダンテはとても強面で、軍隊上がりのような感じがした。「ヒトが悪い」という印象で、私はこの男と一緒にいるだけで威圧感、恐怖感を抱くのが常だった。彼は拉致そのものには関わってはいない。体格からしてこれは確かである。ここを離れてから、二度と出会う事がなかったことは幸いだった。

# 四　第三から第四のアジトへ

——洋子記

## 急な出発

2回目に重々しいバリトンの声を聞いた翌日の早朝、急に移動する、荷物を早くまとめるようにと言う。結局、第二のアジトには1週間くらいいただけではないか。

荷物といっても私には支給された衣類と私のジョギング用の運動靴、そして紙に書いた日記のみ。壁に貼っておいた南無妙法蓮華経の紙は入れてもらえなかった。私は、そういうこともあるかもしれないと思い4、5枚の紙を隠しておいた。

出発前には銃で脅されている。

まだ薄暗い中を、今度はカミヨネッタ（乗用車より長く、後部座席の後ろに荷物を置いたり人が乗っていられるタイプの車をこう呼んでいたが、正明に尋ねるとこれがチェロキーだったと思われる）の古い型らしい車で出発した。目と口を粘着テープでふさがれ、またもや車の座席の下に押し込められ、その上にテントのようなもので覆いを掛けられた。座席に座っている男の足がある。

　どれくらい走ったかはっきり分からないが、ベネズエラでは街から街へ移動する時、アルカバラ（Alcabala）という国家警備隊の検問所を通る。そこには24時間武装した隊員が詰めている。そこを通過する時は当然徐行運転になり、一時停車をする。狭い座席の足元に押し込められていても、車の停止、徐行は、体で感じることができる。国家警備隊の詰め所であると確信できれば、目と口をふさがれていても、唸り声くらいは出せるだろう。でもそれが違っていたらどんな体罰を受けるか分からない。私に出来るのは、ただ静かにしていることだけである。

　こんなに急な出発は、ゲリージャ達は軍隊にも国家警備隊にも銀行内部にも情報提供者を入り込ませていると聞いているので、きっと何かの手入れがあるらしいという情報があったのだろうと思っている。

　どのくらい走ったろうか。舗装道路が終わり、今度は牧場の中を走っている感じがした。暑いと感じた。広々としていて、平原を走っている感じである。このゲリージャ達も街中を無事通過できたことに、ホッとしているのが伝わってきた。

　そのうち車がぬかるみに入り、動けなくなった。私以外、皆降りて車を押している。この怪しげな車に誰か気付いてくれ、ヘリコプターは来ないだろうか、ここに人は住んでいないのだろうか。しかし考えてみれば、平原の中の点にしかすぎない車を、見つけられるわけがない……そうは思ってもワラでもつかむ気持ちで祈った。

喉は渇ききっている、朝から一滴の水も飲んではいない、口にしてはいない。平原を走行することおおよそ1時間……ここは暑い所である。車を降りて、目隠しをされたまま、手を引かれて1時間程も歩く、そのうち川岸に着いた。ここはどこだろう、コロンビアとベネズエラの国境だろうか、日差しはサン・クリストバルより強い。

川岸にはランチャ（Lancha、小舟）が待っていた。汗でゆるんだ粘着テープから、4人の男の姿が見える。私は、またランチャの床に寝かされ、その上をテント状のもので覆われた。目隠しを少しずらしたら外の風景が見えた。流れは速そうに思えた。広い川へ出てからは、時々沿岸に人家が見える。水量は多い。

エンジンの音が悪くなり、エンジントラブルがあるという会話が聞こえ、そのうち止まってしまった。このまま流されればよい、と思ったが、彼らは巧みに船を沿岸に寄せ、部品を交換しているのが見える。なんでも器用にこなすものだ。

そして、2時間くらいして目的地に着いたようで、ランチャから降ろされた。人家がある、4、5歳の粗末な服を着た男女の子供と、その父親らしき太った男の姿が見えた。

大きなバナナ畑を通った。もう収穫は終わったのか、実はなってはいない。バナナの木は向こうが見渡せないくらい大きいのに、よく手入れがしてあるのか、木の下には雑草が生えないのか、きれいである。

バナナにも沢山の種類がある。生食用のもの、煮て食べるもの、揚げるもの、これは何の種類なのだろうか。生食用、つまり果物として食べるものは涼しいところでも採れるが、焼いたり煮たりして食べるものは、平野の暑いところでの収穫と聞いている。

喉が焼け付くようだ。もう何時間移動しているのだろうか。

ランチャを降りてから、私は目隠しをとられ、今度は彼らが覆面をしている。水を飲みたいと言っても、もうすぐ目的地だ、今はない、と言う。時計は2時を回っている。朝から食事はおろか、一滴の水さえ口にしていない。私は水を飲まねば、喉の渇きで死に至るということを、身をもって体験した。喉の渇きでとても歩けたものではない、手を引かれながら進む。

バナナ畑を過ぎ、今度は牧場跡かと思われる所へ出た。丈が2メートルはある枯れた牧草の中の、道らしきところを歩く。こんな所にも境界というものがあるらしく、有刺鉄線が張ってある。途中に大きな丸いハチの巣が何個もあった。直径70〜80センチくらいはあるだろう。

カミーラ、これには絶対触るな、ハチが出て来て刺されれば死んでしまう、と言う。そんな巣が何個もあった。

## 第三のアジト

ようやく第三のアジトに着いた。そこは竹藪の中である。日本の竹より高く、天に向かって伸びている。竹の皮には小さなサボテンのトゲのようなものが生えている。ここなら、上空にヘリコプターが来ても見つかるまい。何匹もの小型のサルが高い所を跳び回って、薄気味悪い声で鳴いている。

4時頃になり、ゴールド（Gordo＝デブ男、と私があだ名を付けた）――名は教えられなかった――が食事を作ってくると言う。魚がいいか肉がいいかと聞くので、水が飲みたいと言ったらバケツ一杯の濁った川の水を汲んで来た。こんな水ではなく飲料水を欲しい、と言うと、これが飲料水であるとゲリージャは飲んでみせた。ここにはこれだけしかない、雨が降るから川の水は濁っているのだと言う。

私はその濁った水を飲んだ。水を飲まねば人間は生きていけないということを、痛感させられた。ランチャでの移動で濡れた衣類を着替えろと言う。私はこのままでよいと言ったが、濡れたままで押し通すのは無理なので、彼らから支給された服に着替えた。厚手のスポーツウェアと靴下、ゴム長靴である。

ようやくその日初めての食事をゴールドが持ってきた。焼いた牛肉、黒豆の煮たもの、揚げたバナナ、パラパラ御飯。量も多く、とても食べきれない。体力をつける為、健康維持の為、口に入れたが、バナナなどは1本も食べられなかった。ここはどうやらゴールドのものらしく、家族と住んでいるようで、子供が覗きに来たが、ここは危険だからと追い払われている様子である。

ここには「家族」がいる、ここに長くは留まらないだろう、どこかへ移動する足がかりなのだろうとその時には思っていた。

これから私にできることは、身体に気を付けること。まず第一に風邪を絶対引かないようにしよう、風邪は万病の元というではないか。食べる物も生きる為に食べるようにしようと、心に誓った。トイレは、そこらで穴を掘って用を足せという。穴なんか掘ったことはない、と言えば掘ってくれた。

洗濯は、カミーラは心配しなくてよい、我々がすると言う。

第一、第二アジトまでは屋根の下での生活で、電気もあったが、この第三アジトで始まったテント生活が、これ以降解放されるまでの間、続くことになる。服装は支給された厚手のスポーツウェア上下とゴム長靴で、これは変わらなかった。

私は私用のテントに入るよう言われ、彼らは自分達の寝場所を作りはじめた。そこらにある木を切り揃え、ベッドをつくる。そして、その上に立木を利用してテントを張っている。地上から1メートル程も離れているので、大雨が降っても濡れる心配はない。その夜、落雷と大雨が降り、私のテントは地上に直にある為雨水が入ってきて、地面に敷いてあるナイロンもマットレスも濡れ始めた。テントの中は蒸し暑く、落雷と雨音で眠れない。

次の日ゲリージャ達はゴールドとあと1人見張りを残し、どこかへ行ってしまった。その時、ゴールドと少し話をした。普通に話をしている限りにおいては、普通の人間だ。あなたはこんな悪者達に協力して恥ずかしくないのか、あなたには親はいないのかと言うと、もうずっと前にお産で死んでしまった……そんなことを話した。

大分経ってからだが、ゲリージャ達にあのゴールドも仲間か、と聞いたことがある。彼は仲間ではない、友達で協力者である、と言う。

ここの人達は、少しでも知っている人を、アミーゴ（Amigo、友達）と言う。人里離れた場所に住む者にとって、このような犯罪者集団に協力しなければ生きていけないのだろうか。

## 第四のアジトへの移動

夜になり、月明かりもない時刻になって、また移動すると突然に言う。ここにはゴールドの家族がいるから長い間は住まないだろうと思っていたが、やはり2泊しただけであった。夜道の案内もゴールドである。

5人の男達は背嚢を背負い、道なき道、ものすごい悪路を行く。懐中電灯は持っているが時々つける程度である。平らな場所に出た。暗い中、牛が群れになっているような息づかいが聞こえる。

そこには2頭の馬が待っていた。1頭に私が乗せられ、他の1頭には今まで背負ってきた荷物を積んだ。積み切れないものは各々背負い、牧場の囲いを開いたり閉じたりを繰り返しながら進み、そのうち坂道でものすごい悪路に出た。深い森林である。先頭の男は、マチェッテ(Machete、日本流のナタを70〜80センチくらいに長くしたもので、山の中に入る時でも農作業でも、木を切ったり草を刈ったり何にでも使う)で邪魔な低い木を切りながら進む。時には馬を降ろされ、迂回しながら進むこともあった。私は馬に乗っていたとはいえ、ここが今までで経験した、その後も経験した中では一番の悪路である。

馬は夜目がきくのであろうか、どんどん歩む。馬上にいても垂れ下がっている木の枝にいつも注意しなければならず、うっかりすると頭をぶっつけた。そして、ようやく山の頂上なのか見晴らしのきく場所に着いた。

それまで原生林のような深い林の中で見えなかった満月が、夜空にクッキリと浮かんでいた。

雲一つない星空の輝きも月の大きさも、日本とは、いやベネズエラの街の中とも違う。どこに南十字星はあるのだろうか。宝石を散りばめたような星空という形容があるが、まさにそれである。こんな大きな明るい満月、この吸い込まれてしまいそうな深い星空は、ここが南米だからであろうか。こんな澄んだ深い星空では、注意深く眺めれば、きっと人工衛星も見えるに違いない。

日本にいる家族に見せてやりたい、これが田舎での体験生活であったらと、自分の立場をしばし忘れ、そんな思いで夜空を眺めた。誘拐されているのでなければ、この美しい風景を心から楽しめるのだろうに。

到着した場所には粗末な小屋があった。第四のアジトだろうと思ったのだが、実際には休憩しただけである。

馬から降り、疲れ切った身体を休めた。きっと牧場であろう、広々した場所であった。近くに川があり、その川の水をバケツ２杯汲み上げてこれで行水するように、これからしばらく行水は出来ないから、と言う。

彼らは火をおこしてコーヒーを飲んだり、橋から釣り糸を垂らして魚を釣ったりしていた。魚は夜でも釣れるらしい。

馬とゴールドはここまでだという。ゴールドは小屋の床にカヤを張って一つ寝床を作り、ここに泊まってあす帰るのだという。

私は疲れ切っていたので、もう歩けない、馬で行きたい、と言ったが、近くだから早くするようにと言う。どうして夜道を歩くのか、と聞いたことがあるが、我々にも敵対する勢力があると言う。

それからしばらく歩き、第四のアジトに着いたのは、夜もだいぶ更けてからである。そこには、大きな黒っぽいテントが一つ設営されていた。皆、疲れているので、テントの下に蚊帳を吊り、横になった。

こうして第四のアジトでの生活が始まった。

# 五　最初の接触と交渉の始まり

——正明記

## 2002（平成14）年12月末まで

父の埋葬日、11月20日の翌日だったと思うが、午前中、家の電話が鳴った。直ぐに受話器を取り上げたが何も言わずに切れた。30分ぐらいして再度電話が鳴った。受話器を取ると、神経質な女の声で、私達の母を預かっているグループだと名乗った。私はどうして父を殺したのか、どうしてこんなことをしでかしたのかと抗議した。するとその女は、私達の言葉には応じることもなく、店の前のミランダ公園のゴミ箱の中からビニール袋を捜すようにと言った。アリスと知人のアリンが捜しに行くと実際に袋が見つかり、中から携帯電話とポラロイド写真が1枚見つかった。その写真には母が地方新聞を手に持たされて、頭にマシンガンを突きつけられている姿が写っていた。そして「ずうっとこういうことだ」という書き置きがあった。

しばらくして、その携帯電話にまた同じ女の声で電話がかかり、私達には遥かに手の届かない金額の身代金を要求してきた。時刻を決めて明日また電話すると言った。次の日決められた時刻にその携帯電話が鳴った。私達は自分達にはとても払えない金額であり、そんな大金はないと正直に言った。すると同じ女が、警察に通報したらこの身代金交渉は取り止める、金がないなら日本大使館に頼めと強要した。誘拐犯達との電話での接触は最初から最後までこの女の声を通じてなされ、他の人の声は一度も聞くことはなかった。

日本国大使館は自国民がいくら危険に晒されていても、救出の為の身代金を支給することはないと、私達も理解していた。

渡された携帯電話は、唯一の犯人との連絡手段だったが、充電器なしで渡されたので探して買った。警察当局はその携帯電話を調べ、両親が誘拐される2、3日前に父の店、カサ・ニッポン（Casa Nippon）の近くの店で買われたことが分かったが、購入時の記録はみなでたらめだった。

数日後、また携帯電話が鳴った。先日と同じように、公園のゴミ箱の中にビニール袋が入っていると告げた。その携帯を手に取ると直ぐ、私達は家の2階の窓から公園を隅々まで見回した。最初の「生存の証拠」が入っていたゴミ箱のすぐ近くのベンチに、腰掛けて本を読んでいる女がいたが、ひどく神経質にページをめくっていた。その時、たまたま州警察のパトロールカーが通りカーが向こうからやって来た。するとその女はベンチから立ち上がった。パトロールカーが通り過ぎるや否やその女は道路を渡った。警官が車を止めて、その女を尋問するのを私達は願ったが叶わないことであった。警察本部に連絡してその警官達に命令してもらったとしても、もう手遅れで、パトロールカーは遠ざかってしまった。そしてその女も。私達にとってその女は非常に疑わしい女だった。

今回はビデオカメラを用意していて、窓のカーテンの陰からズームを使って録画した。録画されたのは太って背の低い、髪を黄色く染めた若い女だった。あまり鮮明には撮れていなかったが、その女の顔立ちはある程度識別できた。そのビデオをこの事件を捜査している警察署の署長に渡した。

ベネズエラには埋葬後、ノベナリオ（Novenario）という習慣がある。9日間、毎晩お祈りを捧げ、最後の夜、すなわち9日目の夜には遺族は参加者に軽い飲み物や食事を用意し、お祈りをいつもよりもっと長く続ける。しかし私達の場合はこのような喪に服することはできなかったし、最後の夜も出席できなかった。できなかった理由を出席した人達は分かってくれていたと思う。

その夜、私達はＣＩＣＰＣのホセ・クラビホ部長と公共省のメンドザ係長と会っていた。警察は、犯人達に信用できる「生存の証拠」を要求することを私達に勧めた。一つは私達が人質となっている母と直接電話で話すこと、もう一つは最近の日付だと確認できる新聞と一緒に母が写っている写真だ。私達は母と電話で話してもいないし、以前に渡されたものも「生存の証拠」の十分な条件を満たしていない。

タチラ州に住んでいる日本人の1人、塩沢明夫さんは、被害者家族が直接交渉に応じなくていいように、彼の知人に誘拐犯達と接触させることを勧めてくれた。その人は誘拐事件を熟知しているという。

だが、兄と私は、2人で団結して直接犯人達と交渉する、と塩沢さんには返事した。母の命は危険に晒されていると思われるので、出来る限り慎重に対処しなければならない。もし交渉で間違いを犯したらと、責任の重大さをひしひしと感じた。

2002（平成14）年12月中旬、PDVSA（ベネズエラ国営石油公社）の社員達が給料や待遇の改善を政府に要求したが、それを拒否されたのに対して原油生産ストライキを実行した。そのため国中ガソリン不足に陥った。車にガソリンを給油するのに長い行列ができた。多くの場合、2時間から4時間待ちで、その値段も闇価格では10倍以上になった。もっともベネズエラでは、ガソリンは今も当時も飲料水の値段よりずっと安い。ストライキは約1カ月続いた。

ベネズエラ国の経済は目茶苦茶に混乱した。

両親が経営してきた店カサ・ニッポン（Casa Nippon）は、開店してからその時点で40年近く経っていたが、誘拐事件以降、何週間も店を閉めていて、こんなことは初めてのことだった。私達は店に関して分からないことが沢山あるが、とにかく12月21日から店を開けることにした。2人とも長いこと店に接していなかったが、少なくとも父がやっていたように店を維持して行きたかった。

私達はマキナ・フィスカール（Máquina Fiscal、日本流にいうとレジのこと）についてはは何も知らなかったが、ずっと以前から家族の一員のような長谷川たかしさんがそれについて教えてくれた。経理も分からなかった。それに心配なことは、4年ぐらい前からセニアト（Seniat）という税務署のような役所が商店や民間会社が負うべき義務を監視し始めたことだ。少しでも不都合なところが見つかれば、商店なら罰金と3日間の営業停止を命じられた。けれどもこの分野についての問題はないと確信していた。しかし商売の現状を知らなかった。納入業者、取引先があり、それには債務も責務もあることなど。

店の再開は私達には大きな気晴らしになった。たとえある人の失言で嫌な思いをしたとしても。また誘拐について話しかけられたり、手がかりがあるかどうか尋ねられた時にも、すべてに「ノー」と答えた。少しずつ店の経理の詳細も分かってきた。私達は幼いころから店を手伝ってきた。接客、販売、商品の整理点検、お金の受け取りなど。しかし経営や経理部門は父の仕事だった。営業時間は父がやっていたようにすべきだと思った。月曜日から土曜日までは8時30分〜12時30分、14時〜19時、日曜日は8時30分〜13時。父のやり方を貫き、如何なる理由があっても弱音を吐かない。これは自分自身への挑戦でもあった。

その数日、近所の人達が私達の母の一刻も早い解放を願って、夜間の祈りを捧げてくれていた。それは店の前のミランダ公園で行われ、夜6時から7時まで1週間と少し続いた。寂しくて暗い公園へその時刻に出かけるのは危険だと思ってはいたが、私達のためにやってくれていることであり、敢えて参加した。

店の買い物客が店に来て、「ここであなた達の御両親に会えないなんて、とても残念だ、いつも挨拶して冗談など言っていたのに」と言った。両親には商売上の付き合いばかりでなく、個人的にも大勢の友達がいることに驚いた。彼らは私達の幼い時のことをよく知っていたが、考えてみれば同じ場所で40年近くこの店を経営しているのであれば、当たり前のことだったかもしれない。話しているうちに、だんだんどこの誰とか、何をしている人とかが分かってきた。

ある日、保険会社外交員のウィルマン・メンデス氏が挨拶に来た。そしてなにげなく、そこにかけてあるカレンダーを見て、あなた達のお父さんが掛けたときのままだと言った。本当にそうだった。２００２年11月のままだった。その日は12月の中旬だった。父の葬儀、母の身の上の心配、不安などで日にちの経つのも忘れていた。

一番初めの交渉から約1カ月過ぎた頃、借金してようやく要求された身代金の額に達した。12月28日だったと思うが、昼食に大好きな即席ラーメンを食べようとしていた時、電話が鳴った。犯人からの身代金の催促だった。その時私達は「生存の証拠」として、犯人に最近の日付のある新聞を手に持った母の写真、もしくは母との電話での会話を要求した。そのやりとりを終えた後、兄も私も食欲をなくして、何も食べられなかった。

その日のうちに新たな「生存の証拠」が送られてきた。それは12月26日と日付が書かれた紙切れと、母の写っている1枚のポラロイド写真だった。その写真に新聞は写っていなかった。背景には毛布が写っていたから、母は家屋の中にいることが分かって少しは安心した。母は過酷な環境で危険には晒されてはいないと思われた。

携帯が鳴った。犯人達からだった。犯人達は悪路も走れる車を用意するようにと告げた。しかしこのやりとりは脅迫だった。日付が分かる新聞と一緒の母の写真といったもっと信用できる「生存の証拠」を要求したところ、そんなに証拠が欲しいなら母の手の指を切って送るとまくしたて、母は重い病気にかかっていて歩くこともできないし、命が危険に晒されている地域にいると言った。また身代金の引渡しには私達兄弟のうちの1人が来るように、それも医者の方がいいと指名してきた。

そのあと手紙を1通受け取った。筆跡は母のものではなく、サインだけが母のそれだった。文面には彼女が新聞と一緒に写っている写真も送れないし、彼女と電話で話すこともできないとあった。その後の電話のやりとりで、それでは母の姉の子供の名前を聞いてくれ、と言ったところ、2日ほどして秀樹、正明、麻理と我々兄弟の名前を答えてきた。そこでその名前は違っている、はっきりした「生存の証拠」を出して欲しい、そうでなければ私達兄弟のうち誰も身代金の引渡しには行かないことを伝えた。

しばらくしてこちらの返答——兄弟のどちらも身代金の受け渡しには行かない——に対する電話があった。それは私達が彼らの要求を受け入れなかったことへの捨てぜりふのような内容であった。

それは12月30日の午後にかかってきて、今から30分経ったらある公園へ母の死体を捜しに行くようにと言った。今まで犯人達は日にちと時刻は守ってきていたので、私達は本当のことかととても心配した。直接電話で話した兄は、気分が悪くなったと少し横になっていた。この携帯電話からはいつも『エリーゼのために（*Für Elise melody*）』が聞こえ、店で扱っているオルゴールにもよく同じメロディーが入っており、私もこの曲を聞くといつも気分が悪くなった。

平気で聞けるようになったのは大分経ってからであった。

母の死体を捜せと言われたことをセサル・ムーニョス捜査官に知らせて、犯人に言われた場所へ行こうとした。ムーニョス捜査官からは、そこは車で50分くらいの山岳地帯で、ゲリラくずれや犯罪者達がうろうろしていてとても危険な地域だ、また犯人達が大事な人質を殺すようなことはまずしない、殺したら「生存の証拠」もなくなるので身代金交渉が難しくなるから、と言われた。

この話を聞いて、犯人達が母を殺すようなことはしないと思い直し、もう暗くなりかけてもいたので行くのを中止した。しかし、これは脅迫には違いなかった。その日からしばらくの間、何の知らせもなかったので、母に何もしてやれないことに絶望する思いであった。

犯人達が身代金の引渡しに兄を指示してきたことについて、兄と私のどちらが行くべきか何度も何度も考えた。私が行くべきだと思った。私は独身だが兄には妻と2人の子供がいる。しかし何故犯人達は身代金の引渡しに医師である兄を指名してきたのだろうか。これは何か裏があると思った。おそらく別の誘拐事件で起こったことがあるように、人質の交換を企てて、もっと身代金を奪い取るつもりなのだろう。

そこで私達は身代金引渡しには私達兄弟ではなく、私達が信頼でき、なおかつ犯人達も信用できる誰かに行ってもらうことを考えた。身代金の支払いが他の犯罪者集団に漏れて、横取りされるようなことも以前にあったという。それで適切な人をと考えた末、カトリックの神父さんに行ってもらうことに行き着いた。しかし承諾してくれるかどうか分からない。生命の危険を伴うので拒否されても仕方がないと考えてはいたが、近くの教会の神父さんに事情を話したところ、本当にすんなりと承諾してくれた。危険は承知の上であり、神様の思し召しに従ってとのことであった。

たまたまその教会で、現在誘拐されている人々の解放の祈願ミサが行われ、それが地方新聞の記事に載り、その中に私達の願いを承諾して下さったクラウディオ（Claudio）神父の顔写真もあった。

私達は犯人に、その新聞を捜し、その日付を確かめ、神父さんの写真を見るように伝えた。これで身代金引渡し人の身元を信用するだろう。更に、金の引渡しに警官などは行かない、その新聞に載っている神父さんが1人で行くと伝えた。警察は、運転手になりすました刑事も一緒に行くと言ってきたが、私達はそうはしないつもりだった。

警察の言うには犯罪者と交渉はしてよい――私はそれを違反と思っていた――、どこにいるかはっきりすれば警察が行動する、父のことに関しては、あれはなんの経験もない田舎の警察がやったことで、我々には特殊の訓練を受けた警察官がいる、とのことであったが、私達はリスクが少しでもあることは避けたかった。

## 2003（平成15）年正月

何の祝い事もなく2003年を迎えた。少しでも早くこの取引を終わらせ、母が無事に救出され、家に帰ってきて欲しいと念じて、全力を尽くして要求された額の身代金を集めた。今、危険な状況にある母の命を救うことが私達の使命である。ここで二つの道筋のうち一つを選択しなくてはならない。身代金受け渡しの時、一つは警察機関に介入してもらうこと、もう一つは通報せずに私達だけで身代金を渡してしまうかである。身代金を渡すのをためらっているのは、信用できる「生存の証拠」を受け取っていないからだ。

CICPCの刑事が私達にこんな話をした。ある誘拐団が警察に捕まって、持っていた莫大な金を警察に押収され、それが被害者家族が払った身代金だと確認されたので、検察庁は厳重な手続き後にその被害者家族に返した、というのだ。

支払うお金を記録することなど、私達にはとてもできないことのように思えたが、紙幣番号を控えておくことにした。どうしたら番号を速く書けるか考えた。コピーをとることも考えたが、この方法は時間がかかり過ぎると思った。最も速い方法は紙幣をその番号の小さい方から大きい方へ床に並べて、ビデオカメラで録画することだと思い付いた。この作業を終えるのに数時間かかった。録画した後は、またその札をバラバラにして録画を悟られないようにしてから、彼らが要求するように新聞紙で包み、更にビニール袋に入れた。紙幣に「印」をしないように、という指示もあった。その時からもう10年以上にもなるが、あの時、身代金に使われた紙幣はまだ1枚も私達の手元には戻っていない。

2003年1月2日の夜、ラ・パロマ公園のゴミ箱の中に、ビニール袋に入れた新しい「生存の証拠」があるという、あの女の声の電話を受け取った。私達は直ちに捜しに行った。本当にビニール袋があり、中から発行されたばかりの地方新聞と一緒に写っている母の写真が見つかった。私達はその見出しからその新聞を捜した。日付は分からなかったが、それは本当に出たばかりの新聞だった。これで母の無事を確信した。

翌日の1月3日、神父さんは白の司祭服を着て来たが、その朝は曇っていた。そして犯人から、こんな天候では母のいる所には立ち入れないと連絡があって、天気がよければ明日にと延期された。

1月4日、身代金引渡しの実行に取り掛かった。警察には通報していないと犯人達に伝えたが、それは本当のことで、私達は身代金引渡しを警察機関には知らせない、神父さんが出向くのに刑事を同行させないという結論に達していた。神父さんは朝早くに家に来た。そして9時前に犯人達が携帯電話に指示してきたように、神父さんはいつも交渉に使っている携帯電話とビニール袋で包んだ身代金を持って、アリスの姉アルバのフォードの古い車で出かけた。犯人達は、自分達の予定表に従って携帯電話で指示をしてきた。ある時は車を止めるように指示してきたと言うが、これは後ろから警察の車か誰かがつけて来てはいないかどうか確かめていたのだ。神父さんは、一見して怪しげな連中がたむろしているような、樹木の生い茂ったエル・ミラグロと呼ばれる地区に入った。犯人が私達にかけてくる脅迫電話での会話と違って、神父さんとの会話には脅しはなしだったという。

神父さんは以前来た覚えのある川縁に着いた。すると防弾チョッキを着て軍隊で使うような高性能の銃で重装備した男が1人、ボートから降りて来て、「あなたは我々に何か持って来たか？」と尋ねてきた。神父さんは「はい」と答えて、ビニール袋で包んだ身代金を渡した。すると男は神父さんに、ここから引き揚げるように言った。神父さんは自分は私達の母を一緒に連れ帰るために待っていると返事した。しばらくして携帯電話がかかってきて、ここから帰るように、もう少し後で彼女は解放されるだろうと言った。神父さんは更に、彼女をここへ連れて来て解き放つようにと頼んだが、彼らは彼女を別の場所で解放する、だからもう帰るようにと言うだけであった。

神父さんは午後になってサン・クリストバルに帰って来た。私達は母の解放の知らせを待ちわびていたが、とうとう実現しなかった。その後、1カ月以上犯人達から何の連絡もなかった。

もしかするとお金は犯人達とは別のグループに奪われてしまったのではないかとも思ったが、その考えは打ち消した。何故なら、いつも電話してきたのはあの女の声だけだったから。

# 六　第四のアジトでの生活

——洋子記

## テントの生活

アジトを作るときの条件は、どこも同じである。高い木が密生していて、上空から下にテントが張ってあるということが見えない場所を選んでいる。高い木の下、地面から4メートルくらいの高さに迷彩色のテントを張る。大きなテントの下に私のテントを張り、それを囲むように銘々のベッドを作る。

ゲリージャ達のベッドの作り方は、立木を利用するか、長さ2メートル程の丸太を立てて4本の柱を作り、地上から1メートルくらいの高さに1×2メートルくらいの床面を形作り、上に木の枝とか竹を敷き詰め、大きな葉を敷いて、その上に移動時使う袋とか使えなくなった古い蚊帳とか寝袋を敷く。更にアメリカ製の1×2×2メートルくらいの大きさの1人用の蚊帳を吊る。この蚊帳は、このような山での生活には絶対の必需品で、とても丈夫にできている。

私は前に使ったキャンプ用のテントを使うよう言われた。これは3人が十分休めるほどの大きさだが、風通しが悪い。天井に窓はあるが、そこを開けると虫がわんさと入ってくる。出入り口も出入りには細心の注意が必要だし、土の上にプァスチコ（Plástico、行楽の時に使うような薄い敷物）を敷き、そこにマットレスを置くだけである。

通気の悪さと、湿気の多い土地柄と、川を渡ったときのマットレスの湿りで、1晩であせもがいっぱいになった。私もベッドで蚊帳を吊って休みたいと言ったが、カミーラの場所はここと決まっている、俺達は上からの指図で動いている、と言って取りあってくれなかった。私はあせもでいっぱいになった背中を見せたが、彼らは我々はどうすることも出来ない、と言う。ベッドより広いし、テントのほうが高級だと言う。

ちょうど、フェヘ（Feje、ボス、親方）が来たので直訴して、それからはゲリージャが使っていたベッドを明け渡してくれた。

私が使っていたテントに彼らの1人が1晩寝たところ、通気の悪さに閉口したらしく、それから誰も休まず物置にするようになった。

このフェヘは時々来るだけで、ほとんど一緒にはいない。

アジトを移動した当時はいろいろなものが不足する。というのは今まで使用してきたベッドとか手作りの椅子などを捨ててくるので、その材料調達のため森林に切り出しに行くのだという。

私は水の悪さからくる下痢と疲れと栄養不足で、とても歩けない。ここに残ると言ったが、カミーラ1人残せば逃げ出す、と聞き入れられず、強引に手を引かれて深い森の中へ連れて行かれた。

第四アジトからさほど離れなくても、森林の中は太陽の光さえ遮るほど薄暗く、湿気のため苔がぎっしり生え、私一人ではとても歩けない。私が逃げ出すということは、東も西もわからないこんな場所を、たった1人で人里まで歩くということなのだ。逃げ出したとして、途中誰かに出会ったとしても、それがゲリージャの仲間だったら、私は今よりみじめな思いをしなければならない。逃げることは考えないほうが良い。私には不可能だ。

ここは湿気が多い。トイレットペーパーも湿り気を帯びてくる、ソーダのガジェッタ（Galletas、ビスケットのようなもので一般的には痩せるためによく食べる）にもカビが生えてくる、こんな場所が体に良いわけがない。下したり食欲がなかったりで、自分でも体力の低下が認識できた。それでも、水を煮立てて欲しいと言えば煮立ててくれ、下すといえば薬をくれた。

食事は1日2回、10時頃と4時半頃である。私の口には合わず、とても食べられたものではないが、体力維持だけ考えて食べた。水も悪く、いつも下痢を繰り返していた。私の食欲のなさを見て彼らは、「我々の食事は質素である」と言う。それにしてもこの湿気なのに、水が遠いからここでの食事作りは不可能と言う。私のシャワー（水浴び）にも支障をきたす。

## 書くことと歩くこと

私の趣味は詩を書くこと、私は早い時期にそう公言し、ノートとボールペンを要求した。まずノートの切れ端と、ボールペンをくれた。ボールペンはすぐインキがなくなってしまい、それから１００ページのノート２冊と鉛筆２本と消しゴムをくれた。鉛筆削りが欲しいと言ったら、我々が削ってやる、という。人質にたとえ小さくても刃物は持たせたくなかったのだろう。初めは近くについているものが削ってくれたが、頻繁に削ってくれという要求をするので彼らもうるさくなったのか、剃刀の刃の２センチくらいに小さく割れたものをくれた。私にはそれで充分である。

最初の頃は紙も沢山使ったが、毎日書く量が多いので、ノートに線を引いて1ページを半分にして節約して使った。

書くということは非常に素晴らしいことである。何かを書くことで時間を忘れ、早く時が経つ。繰り返し同じことを書いているのかもしれないが、ストレス解消に大いに役立った。

彼らは、また書いているとか、絵は描かないのかとか言いながらノートをよく覗いていた。その時は、私はこの体験をきっと本に書いてやると思っていた。

書くということに加えて、歩くということがあったからこそ、私は心を患うこともなく、生き延びることが出来たのかもしれない。

どんなに体調が悪くても、食事が摂れなくても、フラフラしながらでも、雨が降らない限り歩いた。

はじめはテントの前の同じ場所を歩いていたが、ゲリージャ達の様子を見ながら、顔色を見ながら、少しずつ少しずつその距離を伸ばしていった。そのうちに、テントの後ろ側の原生林の中に素晴らしい散歩道を見つけた。1メートルくらいの幅で、下草も小さな木もなくて歩きやすい。

奥へ行けば歩きにくくなり、ゲリージャ達が近くだけはきれいに整備したものと、当初は思っていた。この場所では、大きな木の根元は地面より1・5メートルは高い。

朝日は見えたが、それも9時頃までのことで、後は深い森の中までほとんど日光は通らない。この場所は自由に歩けた。といってもいつも監視の眼は感じていた。逃げられるルートでもないか、この場所よりもっと奥に行けばどこか違う所へ出られないだろうかと思い、少しずつ歩数を増やしていった。ある時はその迷路で自分のいる位置が分からなくなった。まごまごしていると、少し前方で1人のゲリージャが自動小銃を私に向けていた。ここから戻れ、と言う。

## ゲリージャ（ゲリラ）達のこと

第四のアジトに着いてから、新たに男女2人のゲリージャが来た。女はアナと名乗り、24〜25歳でカミーラの係になったという。男はそれよりも若く見えた。男はなかなかハイカラで、町に住んでいても目立つようなおしゃれであった。私が、あなたはカンペシーノ（Campesino、田舎出身、田舎者）か？　と聞いたら、俺はカンペシーノではない、と言って田舎者を軽蔑したようなふうだった。

このような山の中に籠もるのは、一応平地で色々の訓練を受けてからだと彼らは言う。銃の操作、エンジンの修理などに加えて、最低限の山籠りの「生活の知恵」、例えば注射の打ち方、散髪、大工仕事、食事作り、などなど。

しかしこの若い男は穴も掘れない、大工仕事もダメ、ほかのゲリージャ達からは怠け者と言われていたが、いつの間にかいなくなった。

女が加わっても、炊事、洗濯は当番制らしく、交代で行っていた。第四のアジトにはゲリージャ達のベッドが三つしかないので、新たに2カ所へテントを張って、ハンモックも吊るした。私の監視役は常に5、6人いたことになる。

またしばらくしてからだが、1人のゲリージャがこのテント村に来た。新しい男である。本をスラスラと読めないのは1人だけであったが、それほど教育も教養もないようなゲリージャの中で、この男はインテリである。読む本もゲリラ本が主で、チェ・ゲバラの本、革命の本である。ちょっとモレーノ（色黒）で、細身、頭は良いが何となく世をすねているように見え、そして冷たい感じがした。

この男のことを、他のゲリージャ達は、日本人の血が混じっているとか日本人の子供だとか言っていた。どうしてかと聞くと、頭が良い、目が細い、と言う。こんな山の中でも、日本人は頭が良いと言われているのだろうか。

冷血な感じのこの男と一緒になった時、あなたは頭も良さそうなのに、どうしてこんなゲリージャの集団に入ったのか、あなたはここのフェへ（Feje、頭目）のことを恐れているのか、などと尋ねた。高等教育を受けていたがお金が足りなくなって続かなかった、家が貧しくて学校を辞める他なかった、カミーラ達は餓えがどういうものか知らない、フェへを恐れてはいないがフェへであるので尊敬している、といった返事であった。彼は他の仲間と話したり大声で笑ったりはせず、いつも1人でいた。

そんなある日、10人ほどの集団がこのキャンプを訪れた。私は蚊帳の中に入れられ、ベッドに横になるように言われ、蚊帳の回りは敷布で囲まれてしまった。

彼らは広場の隅に集まり、話し合いを始めた。何を話しているのか私の耳には届かない。しかし、私はコロンビアの大きなゲリラ集団に私を売る計画の相談を始めたのだろうと思った。

規模の小さいゲリラ組織が、誘拐した資産のある者をコロンビアの大きな組織に売り渡すということを聞いたことがある。そういうことを考え出すと、体力を付けるため食事も摂らねば、家族の苦しみを思って頑張らなければ、と自らを励ましていた矢先なので、体の芯から力が抜けていくのがわかった。また一方では、私のように財産のない者をコロンビアの組織が買うわけがない、食指を動かすわけはない、それは調べればわかること、私は間違いで誘拐されたのだから、とも考えていた。

私の目に出来ない厳重な会議、その内容は実際のところは不明であったが、私がそう感じ、力を落としてしまったことは事実である。

その会議の最中、日本人の子供だと言われている例の男は会議に出るわけでもなく、私の横で監視していた。周りの囲いの敷布を少し動かし外の様子を覗こうとすると、威嚇された。彼だけが会議に出るわけでもなく、私の傍を離れなかった。この男は、第二のアジトで見かけた東洋人のような男とは別人で、もっと若そうだった。

1×2メートルのベッドに数時間閉じ込められ、横になっているといっても非常に疲れるものである。

## 「箱庭」

このアジト周辺は大雨が降ると水が出るらしい。空気も湿気を帯びている。テントの後ろにある1メートル幅の散歩道は、ゲリージャ達が下草を刈ったり整備したのではなくて、氾濫した水の通り道だと思うようになった。大きな木の根元が散歩道からは1・5メートルも高いのも、そのせいであろう。水の通り道であれば、平らに整備されているように歩きやすい。私はこの散歩道を、実際には自然に出来たものであろうが、手を入れて庭を作っているような気がして、箱庭と名付け、自分では箱庭に散歩に行こうと言っていた。

ここは何しろ迷路のような場所であったので、私はまた道に迷ってしまった。全く方向が分からなくなり、まごまごしていると、いつの間にか自動小銃を持った男が近くに来て、「すぐ引き返せ」と強い口調で言った。引き返す途中、他のところにもゲリージャの気配を感じた。

1回目の時には銃を突きつけられても、あまり強くは言われなかったが、今回は、私が脱走を図ったと思ったようで、たっぷり脅された。私の心の中に、どこか「うまい道」がないかという気持ちはあったと思うが、詰問されても私は道に迷ったと言い切った。ゲリージャ達は脱走ということに強く反応する。

ハイロが、ここは大雨が降ればスキーのようなものをはくと言っていたが、本当かどうか。氾濫するほどの川があるらしいのに、水場が遠い、というのはどういうことなのか分からないけれど、水浴びはなかなかさせてもらえない。時々バケツに1杯の水を持ってきてくれるので、それで体を洗う。ベネズエラでは日本の台風のように一晩中降るということはない。しかし降る時は短時間だがものすごい大粒の雨が降り、よく川が氾濫する。

赤道直下のベネズエラである。直射日光は確かに強い。しかし汗はかかない。監禁されている場所は深い森の中である。太陽が昇るのはわかるが沈むのは見えない。着ているのは、支給された厚手の長袖のスポーツウェアである。同じ服を着て、夜もそのまま寝る。汗をかかないといっても24時間同じ服である。洗濯物は出すようにと言われている。出せば次の日、太陽の匂いのする服を手にすることができた。

このアジトに来てから夜に鎖で繋がれることはなくなった。

## 敵対勢力

ある夜半のこと、ゲリージャの仲間3、4人が来たらしい。皆ものすごく緊張しているのがわかった。私も起こされ、アナに手を取られ、「私から離れるな」と強い口調で命令された。アナはピストルを構えリュックにピストルの弾を忍ばせ、私を近くに座らせ、「カミーラ、静かにせよ、敵対組織が襲ってくる」と言ったきり緊張している。

他の男達も皆武器を持って散らばり、誰も口を利かない。そのうちにどこかへ行ってしまった。その時、私はこの組織の警察とか軍隊に入り込ませているスパイから、何か連絡が入ったのだろうと推測した。

懐中電灯を消した真っ暗闇の中で、いったい何事か？　と、うるさく聞いてアナに怒られた。「黙りなさい、カミーラだって流れ弾に当たりたくないでしょう」と。

私はその時ゲリージャ達の言う「敵対組織」が何であるか、要するに警察や国家警備隊といった司法組織であろうと理解した。

「箱庭」より西側の平らな所にある、径が50~100センチくらいの穴は、井戸の試掘でも始めたのか？　と思っていた。三つくらいあったが、あれは何とは尋ねずに黙っていた。これらの穴は戦闘用のタコツボであろうと思いついたのだ。余計なことを言ってあっちへ行ってはダメ、こっちはダメ、と制限されるのが怖かったからだ。
それから2、3時間経ったろうか？

ゲリージャ達がポツポツとテントに帰ってきたが、蚊帳に入るでもなくまだ緊張している。

最後の者が帰って来たのは夜明け近かった。

## アナのこと

アナとはこの第四アジトで初めて会ったのであるが、最初からそりが合わないというのか、よくケンカしていた。このような密閉した社会にいると女には底意地の悪さだけが目立った。

アナが言ったことで、未だに耳にこびりついていることがある。

セニョール（Señor、ご主人）は別に家庭があって、財産の処分をためらっているのではないか、と言うのだ。

ベネズエラでは、カトリックは結婚生活が事実上破綻していても離婚が出来ないので、夫が別の女性と新たな家庭を築いていることがよくある。

私は、夫はそんな人ではないし、沢山の財産を持っているわけではない、あなた達は私達を間違えて誘拐した、と言い返したら、私達はそんなことは知らないが家も店も自分の物でしょう、と更に言い返された。

私の方から言えば、夫が一生懸命頑張ってくれていると信じていたからこそ耐えられたのであって、誘拐されていた時に夫の死を知らされたなら、精神の異常を来していたかもしれない。

私はアナと、必ずしも本気でないにしても、取っ組み合いの喧嘩をしたことがある。

意地悪をされ、私が「キレた」ということである。アナも笑いながら応戦した。4人いた男達は、あっけにとられて黙って見ていた。

それからも小さな意地悪はされていたが、それをたまたまラウルが見ていたことがあり、その日フェヘがこのアジトに来たので、私はアナのことを直訴した。フェヘは黙って聞いていたが、アナとしばらく話していた。ラウルにも話を聞いたという。それからアナは私の担当から外された。彼女は、私はカミーラのことは色々言わない、と宣言していた。

取っ組み合いをしたからといって、私が他のゲリージャ達から何か言われることもなく、私もアナとは以前のように接していた。ラウルが後で私に、アナがフェヘに注意されていた、と言った。上からの指図はキチンと守られ、アナから何か言われるわけでもなかった。

第四のアジトにいた期間は2カ月半くらいであったろうか。クリスマスも正月もここで過ごした。

その正月のことを、正明の原稿を読んで思い出した。

今もはっきり思い出すのは、12月31日の夜中の0時、1月1日になる時、ラウルがもうベッドに入っている私の所に来て、「カミーラ、新年おめでとう」と言ったことである。

その前後だったと思うが、ラウルが、今夜か明日カミーラは解放されるだろう、その話し合いのためハイロは街に行っている、と言ったことがあった。

それを聞いて私は嬉しくなって、誘拐された時着ていた服を着てベッドに入った。一晩中うとうとと、深く眠れず、長い長い夜を過ごした。次の日になってもハイロはこのアジトには現れず、ラウルも私の近くにはやって来ないで私を避けている様子だ。他の人にハイロは？と聞いても街に行っている、というだけの返事であった。街までは遠いのだろうと自分に言い聞かせていた。

4日くらい経ってハイロが私の所に来た。その時、カミーラの息子は優秀な外科医と聞いている、私はドクターと話したかったが来たのは神父さんだったと言うのだ。それを聞いて私はびっくりした。誰が息子との交換を望むものか、あなた達は私と息子との交換を望んでいたのか？　私は息子と交換なんかするより、ずっとあなた方と一緒にいて食事作りや、編み物が得意だからその目出し帽なんか作ってあげられると話したのを覚えている。彼らが、「医者が必要だ」と漏らしたことがあったので、あるいは医師が欲しかったのかもしれない。

その話に出た神父さんも、解放されるまでは、秀樹の妻のアリスの兄さんだと思っていた。私と長い間一緒にいたハイロが、息子達のことを言ったのはその時が初めてだった。

# 七　長い待機と再交渉

――正明記

## 長い待機と捜査の緩慢さへの無力感

私達は非常に苦しんだ。1月4日にはだまされたのだ。身代金を渡したら母を解放するという犯人達の言葉を信用していたのに、身代金を受け取ってから何の連絡もよこさずに長い沈黙に入ってしまった。

その間いろいろなことを思った。

警察は、自分達に何の連絡もなしに身代金を払ったと、私達はもとより、神父さんからも調書を取った。その時、その地域は武装集団がうようよいる地域だと言った。警察がそれを知っているなら、何故そこに出動して人質になっている人達を救い出してやれないのだろうかと疑問を覚え、警察は無力なのだといっそう感じた。

毎日、テレビニュースや新聞を見ていた。誰かが解放されたニュースを知ると、私達もうれしくなった。そのニュースの中で母のことが何か分かるかもしれないと思ったが、母については何も言及していなかった。私達は、母はサン・クリストバル近くのある集落に捕らわれていると思っていた。

ある人が私達に、しつこく霊能師のところへ行くことを勧めた。私達はその種のことを信じていなかったが、2回ほど行ってみた。そこで、母は川のそばの家に捕らわれている、そこはエンコントラド（見つかった）と呼ばれる所で、プラタノ（調理用バナナ）が植えてあり、シャツを脱いだ男達が働いている、と告げられた。

私は深い無力感に陥った。私は機械工学技師として、自分の仕事に生きがいを持っていた。私の仕事は工学技術の発達に伴う知識を以て、集成された情報を使って部品の生産過程を分析し、不具合が発生した時には原因を調査し、修正することだった。だから私の技術者としての判断では警察は犯人達を捕らえるための情報を持っているのに、どうして事件解決という結果を得られないのか、捜査に何の進展もないのかと不思議に思っていた。短いつまらない刑事ドラマで、刑事が犯人をいとも容易く逮捕するのを観ると、警察は母の事件でもそのように犯人を捕まえることが何故できないのかと、歯痒くて仕方がなかった。私達は事件を捜査している警察にいろいろな情報を告げたが、何故警察はこれらの情報を用いて事件を速やかに解決できないのかと自問した。

　幾人かのＣＩＣＰＣ（刑事犯罪科学捜査隊）捜査官達とのその警察署内での話し合いの時、私は設備が全然整っていないということを強く感じた。捜査に必要なものが不足しているのだ。たった1台のパソコンを何人かで使っていた。犯罪者集団の武器や装備は警察のそれよりずっと優れているそうだ。またＣＩＣＰＣの幹部が刑事達を従えて、捜査の進み具合や慰めの言葉を述べるために、幾度か警察署の車で私達の家を訪れたことがあったが、これはあまり賢明なことではないと思った。何故なら、家の近くに犯人一味がまぎれ込んでいて、見たこと全てを自分達の仲間に知らせているかもしれないし、それはこれからの彼らとの母の解放の交渉をもっと複雑にするだろう。

　ある刑事は個人的な話として、ＧＡＥＳ（Grupo Anti Extorsión y Secuestro：脅迫誘拐対策局）は情報の大部分を把握していながら間違った捜査を進めて、その犯人達を取り逃がしてしまうことがある、と言った。つまり情報判断ができないので逮捕できないということだ。それを聞いて、非常に落胆した。ＧＡＥＳも当てにはならない。

　ある日、両親がメトロポリタン公園を散歩していた時に知り合った幾人かの人達が来て、「あなた達のお母さんの写真が公園の入り口に貼ってありましたよ」と言った。私はなるべく人目につかないように、夜になってそれを見に行った。地方新聞に載った母の写真が1枚貼ってあった。「一刻も早い、あなたの解放を願っています」と、手書きで大きく下の方に書かれていた。たくさんの人々が母の身を案じてくれているのだと感じて、少し元気が出た。

現実にこの身代金交渉は、母を人質にしている集団が存在していて、彼らから脅され、不安にさせられ、苦しめられても、続けなければならない。犯人達との接触や電話対応を遮断すると、この交渉は全然進まなくなるし、母の命は益々危険に晒されることになる。

今度はCICPC（刑事犯罪科学捜査隊）とは別に、私達は捜査に加わってもらうために国家警備隊（GN：Guardia Nacional、陸・海・空軍といった3軍の他にある）と接触し、将校達と話すことができた。彼らは快く対応してくれた。私達が持っている情報は全部提供したが、ここからも結局のところ何の進展も得られなかった。

母は別の誘拐集団の手にあるとか、その住所や彼らの車のナンバープレートを何回も電話で教えてきた人々もあった。これらの情報は全てCICPCやGNに提出したが、これらの情報分析の結果でも、母に関することは何も見出せなかったそうである。

何度も母の身代金について考えた。誘拐犯達はまたいつか身代金を要求してくるだろう。沢山の高価な品物を、あまり吟味することなく買う客がいると、ありがたいという思いより、この人は犯罪者集団の一員なのかという目で見てしまったりした。また客に対して、店の様子を探りに来ているのではないかという目で見ている自分に気が付き、慌てることもあった。

## 固い決意（仕事と交渉継続）

２００３（平成15）年も、1月、2月と過ぎ、兄は3月15日に医師としての仕事のため大学病院へ戻らなければならなかった。残念なことに4カ月以上も欠勤したために1学年期を失ってしまい、1年目を最初から始めなければならなかった。

その前に、兄と私は州知事と警察幹部に会いに行った。いろいろと事件について話し合ったが、新しい情報やプラスになるようなことはなかった。ただ母がある一軒の家に捕らわれているると推測されると告げられただけだった。会談の後、兄はアリスと2人の子供をサン・クリストバルに残し、1人でバルキシメトへ出発した。

私は機械工学技師としての仕事から、既に4カ月半も外れていた。その間ずっと、仕事仲間達がどんなに気にかけて支えてきてくれたかを、私は知っていた。そしてこれからどのくらい、この酷い状況が続くのか分からなかったので、いつまでも会社を休んでいるわけにはいかないと考えていた。会社を辞めるべきなのかどうか思い悩んでいる時、会社の上司から電話があった。上司は私が今直ぐに復帰できないならば、一旦退職してもっと先で復帰したらどうかと勧めて下さった。これは私にとって重大な問題だった。そしてこれ以上会社に迷惑をかけるわけにはいかないと判断して、非常に残念ではあったが退職した。

3月末に私は会社の仕事仲間達宛てに以下のメールを送った。

親愛なる会社の皆様方へ

敬愛と郷愁をこめてこの文を書きます。私は、ここ数年の間、私をその身体の一部として鍛えてくれたこの会社を退職することを決心しました。私の会社での初めての体験はトヨタ生産方式の魅惑的ですばらしい世界を、一介の技師として知ったことでした。トヨタは私に測り知れない知識や実りの多い業績や経験を与えてくれました。私はそれらをとても貴重なものとして常に心の中に秘めています。この会社に入ったとき、私を夢中にさせた大きな感動と幸福感を今でも覚えています。また一方では、初めての組み立てライン巡りは今でも存続し消えることのない感動を与えてくれました。

さて私は、今から約4カ月前から非常に過酷な身内の問題に立ち向かっています。私は全力を尽くしてこの身内問題の解決にあたっていかねばなりません。そうなると会社で自分の仕事に対してやる気や集中力が欠けてくるかもしれません。その結果、会社に多大な迷惑をかけることになり兼ねません。少しでも会社に迷惑をかけるわけにはいきません。もちろん自分の役目や責任を果たさなければならないことは自覚しております。

ベネズエラ・トヨタにいた間、私は多くの満足感を味わいました。同じく、私だけでなく私の家族全員までもこの声望ある、一流会社の社員リストの一部を構成することの誇りを持つことができました。そしてまた皆様方と仕事上、測り知れない満足感や誇りを持つ経験を共有できました。在職中、私は健康上の問題で仕事を休むことは一度もありませんでした。私に技師としての発展と成長の機会を与えてくれたこの会社に対する感謝の気持ちを決して忘れないでしょう。

ベネズエラ・トヨタでの楽しかった日々をいつも思い出します。またトヨタが私に与えてくれた全てのもの、愛情、信頼、技術、富、等々いつまでも忘れはしません。

誠にお世話になりました。皆様方のご多幸を祈ります。

雨宮正明

会社に辞表を出した後、私は両親の店を1人で続けていく決心をした。そしてこの店の将来については、母が救出されて家へ帰って来たら、母が決めるべきだと思った。父と母が力を合わせて店をここまで経営してきたのだから、私達は店を閉めるかどうか言える立場にはない。それに私達の学業を支えてくれたこの店に対して、感謝こそすれ、不平は絶対に言えない。

私は絶えず経理士に尋ねながら、少しずつ店の経営にのめり込んでいった。もし父がこの場にいたら、どんな行動をとっただろうと思ったりした。私は工学技師として常時、高品質、生産性、その過程での安全性、原価の縮小などについて努めてきた。新しい情報が入ってきたら、私はその情報を使って全てをより良く変えてきた。つまり私は物事を一定に保たないで、変化させてきた。しかし私はこの数カ月この店をやってみて、同じやり方で30～40年も運営されているのに気がついた。それ故に、私の今の立場は父が店を運営していたときのこの店の形を保持することだった。正明流は母が無事に家に帰ってきてからのことだ。

## 再交渉

身代金を奪われ、その後何の音沙汰もないという、大きな不信感を抱きながら、不安を覚える日々が長く続いた。好きなものを食べながら、自分自身に問いかける。「母はちゃんと食事しているのだろうか？　適切な栄養を摂っているのだろうか？　人間らしい扱いを受けているのだろうか？」と。出来ないことと分かっていながら、母の好きな料理を送ってやりたいと、何回も何回もため息をついた。

沈黙の日々が過ぎていった。期待した知らせもなかった。私の不信感は周囲の社会全体に拡がってしまって、誰もが犯人側の情報提供者ではないかと疑ったりした。CICPCにも何の情報も入っていなかった。幽霊と交渉させられているような錯覚を覚えたりした。彼らの顔も見えなかったし、何の接触もなく、時間だけが過ぎていった。


4月に入ってから、MRW運送社から1通の手紙を受け取った。宛先はマリ・アメミヤ、発送地はアカリグア（Acarigua）となっていた。マリ・アメミヤという名前は日本にいる妹の名前（雨宮麻理）なので、犯人達はそこまで私達のことを調べているのかと思った。中身は「生存の証拠」だった。1枚の写真と1通の手紙が入っていた。手紙は母の自筆で、「私はとても身体の具合が悪い、早くここを出る必要がある」と、今まで母があまり書いたことのないスペイン語で書いてあった。それを見て、私達は母が犯人達に強制されてこの文章を書かされたのだと気が付いた。

私達は母との再会に望みを持てて、少し安堵した。しかし犯人達は再度、身代金を要求してきた。接触方法も変えてきた。今度は電子メールの宛先を二つ、携帯電話で受け取った。直ぐに電子メールを送ったが、一つのメールの宛先は存在していなかった。

私は犯人達に、前回の交渉の結果、要求された額の身代金を神父さんが出向いて渡したのに、母を解放しなかったのは何故かと、抗議する内容の電子メールを送った。

犯人達から電子メールで回答があった。それは私からの抗議に何も触れることなく、ただ再度の身代金の要求だった。私達は深い無力感と激しい怒りを覚えた。また、犯人達自身が出した条件さえ守らない交渉に、疑問を感じた。彼ら自身には無縁である苦痛を、この交渉の戦略にしている。彼らは理性や人間らしさというものを持っていないし、人を苦しめることも、更にもっと酷いこと、人を殺しても平気なのだ。前回のように身代金を取っておきながら解放しないというようなことが、何回も繰り返されるかもしれない。それでもこんな連中と交渉をし、母を連れ戻さなければならない。

幾日かが過ぎていった。今度の場合の犯人集団は人質を取ってそれを確保していく方法を持っているし、被害者家族との交渉にも経験を積んでいる。被害者家族はとても不利な立場にあることが、私達には無力感と不安感を伴って痛いほど分かった。

普通、誘拐犯達は人質に与える食べ物や薬などに注意を払っている。警察からは、今までの経験から、誘拐犯達が持つ唯一つの身代金交渉の条件は人質が生きていることだと、度々聞かされた。

誘拐犯達は誘拐事件を起こし、人質に人ではなく一個の商品のように値段を付けて身代金を要求し、家族はそのためにお金を集める。多くの場合、お金を集めるのに時間がかかり、解放されるまでの期間が延びていく。被害者家族は一般に借金をしてお金を集めるので、後に借金が残される。被害者家族の中には要求された金額をなかなか集められない場合があり、人質はそのまま監禁状態が続き、中には死亡する人も出てくる。すると山の中のどこかに人知れず、埋められてしまうそうだ。

4月半ばにMRW運送社から封筒が2通送られてきた。一つはバリナス（Barinas）からだった。もう一つは再びアカリグア（Acarigua）からだったが、事務所は前とは違っていた。封筒送り主の記録はでたらめだったが、受取人の名前は前と同じく、マリ・アメミヤだった。封筒には「生存の証拠」が入っていた。すなわち、新聞を持った母の写真と1通の手紙だった。手紙に「Papa（パパ）、Hideki（秀樹）、Masaaki（正明）」と母の筆跡で書かれていた。それで母は父の身の上に何が起きたか知らされていないことに私達は気付いた。母が監禁状態に耐えるためには、そのことを母が知らなくて良かったと今でも思っている。

犯人達が接触方法を変えたので、母は拉致グループと別のグループに監禁されているのかと思った。ある時、CICPCの隊員が私達に、誘拐犯達が人質を維持することが出来なくなると、別のもっと大きい組織にその人質を売り渡し、さらにまた別のグループに売り渡すこともあると語った。それでそんなことにならないで欲しいと私達は願った。新しく借金をして身代金を用意しながら、犯人達との交渉に戻った。

交渉に使うために私が決めたアドレスは、「japonesa_hmm@……」で、hmmは我々兄弟の名前の秀樹・正明・麻理の頭文字をとったものである。

# 八　第五と第六のアジト

——洋子記

## 第五のアジトでの生活

第五のアジトへの移動は、月のない夜であった。

あまり遠方ではないと感じた。道なき道を歩くのは、私にものすごい山奥とか特別の悪路を印象付けるためなのかもしれない。カミーラ、1人ではとても歩けないよ、1人で逃げ出すのは無理だよ、ということを口には出さず私に理解させるためだったかもしれないと、今は思う。

夜の移動といっても、着ている服が濡れるほど汗をかく。喉が渇けば水を飲む。その水が悪く、小康状態だった胃がまた悪くなる。移動時は水も沸かしてもらえない。薬をくれるがそれを全部飲み切るように、と言う。私は1、2回飲むといつも捨てていた。

水と食料事情の悪さから食欲はなく、更に体力が落ちているのがわかったが、第五のアジトに移ってからも、歩くことはやめようとしなかった。

日中には書いていなければ歩いていた。雨が降れば、ゲリージャはテントの下へ入れと言う。あなた達は外にいるではないか？　と言うと、我々は鍛えている、カミーラとは違う、と言う。確かにそうである。この7カ月半、私は風邪にはすごく気を付けた。塩をもらいよくうがいをしていた。この体力で風邪を引いたら命取りになる、と思っていた。

ここは今思うと、一番しのぎやすいというか暮らしやすい場所だった。このアジトの南側には、何か作業をしていたらしい痕跡があった。石灰を使って何かしたのか、石灰が出るのか分からないし、聞く訳にはいかないことであり、私はいつも無関心を装っていた。

そこは広々とした、日当たりのよい場所だった。高い木の上に大きな鳥、というより、とにかく大きな、何という名前か知らないが猛禽がとまっていたのを2、3度見かけた。

大きな井戸が三つあったが、今は使われていないらしく、その中に大きな木が3、4本投げ込まれてあった。アジトで使う井戸は新しく掘られたもので、直径が1・5メートル、深さが2メートルくらいで、水はきれいだった。上には木の葉が落ちないように布がかぶせてあった。ポンプで水をくみ上げるわけではない。バケツに綱をつけて水をくみ上げる。アナは女なのにとてもうまいし、こんな山での生活に精通している。この水で炊事をして洗濯をする、更には行水も出来た。

ここで歩いていたところは竹藪の下で、乾いていて歩きやすかった。日本にある竹よりずっとずっと丈があり、竹の皮にはサボテンの棘のようなものがあり、素手では触れられない。第三のアジトにあった竹と同じようである。

炊事もここでする。かまどを2カ所作り火を燃やす。火を燃やすということは煤が出る。鍋がまっ黒になる。ゲリージャ達は毎回鍋の尻に泥を塗る。どうしてかと聞くと、洗う時が楽、という。このような知恵は山の中だからこそ湧いてくるのだろう。

この場所で初めて〝肉〟が出た。塩漬け肉である。

塩漬け肉は町から持ってきた。木と木の間に棒を渡して、まるで洗濯物のようにぶら下げて、夜もそのままである。思うにもっと乾燥させたかったのであろう。あまりの塩辛さにほかの動物は見向きもしないようである。2、3日干してから、地面に穴を掘って、保存のためであろうか、埋めていた。

この塩漬け肉は何しろ塩っぱい。

この塩抜き方法がまた変わっている。何度でも、湯を沸かしては塩漬け肉を入れ、湯を捨て、また湯を沸かしては肉を入れて湯を捨てる、その繰り返しである。私はそんなことをするより薄い塩水を作りその中にしばらく置けば塩が薄くなる（何とかの法則――何と言うか忘れたが――というのがあって、塩辛いものはそれより薄い塩水につけておくと早く塩抜きができる)、と言ったが、塩水に塩辛いものを漬けるともっと塩辛くなると一笑している。

かまどの後ろに大木があった。この木は傷つけると赤い液をだし、それは猛毒だという。彼らは実に田舎のことを熟知している。この根っこのようなものは腎臓病に効くとか、これは咳止めに効く、とか言いながら森の中から植物をよく採ってきた。

## 武器のこと

月のない真夜中、なにか、慌ただしい気配に目覚めた。フェヘが来たのだろうか。みんなが起きだしたので、わたしも起きて長靴をはいた。みんな黙ってかまどがある方に行く。私も一緒に行くのだろうと思って後をついて行ったら、私が脱走を企てたとしてすごく脅され怒られた。彼らの一番の心配は私の脱走である。少しでも不審な行動があるとものすごく威嚇される。

私は彼らの1人、私の後ろの蚊帳にいる新しい男に許可を取ったと言った。

彼は知らぬ、私は取った、と押し問答を繰り返した。この男も、私が逃亡したら自分の責任が大きいから必死で、私も、もし逃亡を企てたと彼らが思い込めば今までのように「歩き回ること」が禁止されるので、必死だった。最後に、私の「あなたは寝ぼけていた」の一言でけりがついた。

フェへでなく単なる見回りの者だったのだろう。

やはり真夜中のこと。何か動きが慌ただしい。何人もが行ったり来たりしていた。真暗闇の中、何か荷物を運びこんでいる。私の近くの蚊帳の中に入れたり、もっと向こうのかまどのある方に運んでる。いったいなんだろう。翌朝、私はよろけたふうを装い、布で覆われている細長い物に触ってみた。たくさんの銃である。

一体何のために。ここにいるゲリージャの数を超えるほどの沢山の銃がある。それを、私が立ち入りできない場所で、日本人の子供と言われている男がぼろきれで磨いていた。新しいものではなく、古い物らしい。数日して、これはいつの間にか蚊帳の中から消えていた。

夜中に何か動きがあった次の朝、私の隣の蚊帳を見てびっくりしたこともある。機関銃が据え付けてあった。私を脅すためなのか、プレッシャーをかけるためなのか。

ハイロが木にぶっつかってあわてたことがあった。その時はなんのことか分からなかったが、あとで聞いたら手榴弾を腰に付けていて木の枝に引っ掛かったのだという。そういえば、店で売っているおもちゃのピストルの中に、7センチくらいの楕円形の物があったのを思い出した。今まで何であるか分からなかったが、針を抜いて投げるのだという。

我々はゲリージャであると言って、早朝みんなで、彼らの言う訓練をしていた。それを私は体操と言っていたが、軍事訓練であるという。私もその軍事訓練をしたいと言ってようやく許可が下り、私も一緒に始めたが、あまり日数が経たないうちにフェヘが早朝来て、カミーラまで一緒はよくないと言って、参加を禁止された。フェヘはほとんど日中には来たことはないと思う。

## 脱走の勧め

ゲリージャ達の一番の恐れというか心配は私の脱走である。カミーラは山での生活はしたことはないのかと、よく聞いてきた。

私がちょっと余計に歩いて帰ってくると、ラウルが「モンスター」だと言って、全身に樹の葉をまとい私を脅かしたことがあった。あまり歩くな、と言いたかったのかもしれない。ラウルの声は特徴がある。すぐラウルと分かった。

このラウルが私の蚊帳に来て、俺はこの生活が嫌になった、カミーラが望むなら、カミーラの脱走を手伝うと言った。幾らか？　と聞いたところ500ドルという。ゲリージャ達は、仲間同士結束しているし、その金額の安さに私は半信半疑だった。皆が静かになったら出かけようと言う。ほかのゲリージャが「俺達は出かける」と言ってどこかへ行ってしまった。その時も私は、変だなと思った。私は2冊のノートを持ってラウルに手を引かれて出発した。２００メートルも行かないうちに、どこへ行く、脱走か、と銃を突き付けられた。誰が誘ったのか、と聞かれ、ラウルが俺だと答えた。真っ暗闇の中、殴られる音とラウルの殺されるという悲鳴が聞こえた。その声で、私はそれまで半信半疑だったことが本当に連れて逃げてくれるつもりであったのかと、全身から血の気が引いて奈落の底に突き落とされたような、続いてドキドキしてアドレナリンが噴出するような思いであった。

私が脱走を拒否していれば、ラウルの命も脅かさずに済んだものを……。私は殴られるわけでもなく、腕を取られ、私の蚊帳に入っているよう言われたが、自責の念で眠れなかった。皆が寝静まっても、ラウルは自分の蚊帳に来ない。夜半、ようやく帰って来たのでどうしていたか？　と尋ねると、ものすごく殴られたという。しかし、蚊帳に入ってからすぐに、大いびきをかき始めた。

私はその時になって初めて、これは「大茶番劇」だったのだ、私は咎められるわけがない、ということを合点した。

ゲリージャ達は私が何を持ち出すか知りたかったのだろう。捕らわれの身の私は何にでも興味を持ちよく記憶しようと心掛けていたが、彼らの前ではおくびにも出さなかった。

## ゲリージャとの関係

ゲリージャ達と私は四六時中いがみ合っているわけではない。時には面白いことがあると皆で笑うこともあった。若い下っ端の者達は何カ月か接してそう悪い人間ではない、と感じた。しかしながら、フェへと呼ばれる男には、第二のアジトにいたコマンダンテとは違った意味で恐怖感を抱いていた。

下っ端の者達は貧しいため、このような集団に入ったらしい。自分は学校に行けなかったから家族には教育を受けさせたいとか、伯母の面倒を見ている、そんなことを話した。そんな中、九九も完全ではない、というラウルのため、私が一緒に勉強することになった。

九九とか分数とか、数字の書き方（例えば１２５３万というところを壱千弐百五拾参万と書くようなことで、私は仕事柄小切手を書いていたのでスペイン語で書くことが出来た）を一緒にやってみた。私にはそんなことが気分転換になった。それが10日ほど続いた後で、私が待っていても来なくなった。どうして来ないのか？　と聞いたら仕事が忙しい、と言う。

スペイン語で「言葉遊び」、というようなことをしよう、と言われたが、私はとても出来ないと断った。何十年もこの地に住んでいて、自分の仕事関係の言葉は不自由ながらもどうにか相手に通じたが、自分がいかに不勉強でなにも分かっていないかということを思い知らされた。母国語のように上手に話すことが出来る人もいるのにと、自己嫌悪に陥った。

私は若い頃から、眉毛が太く、男眉だと言われていた。ベネズエラの女性は、毛抜きを使って眉毛を一本一本時間をかけて整える。アナがカミーラの眉毛を整えよう、絶対に目を開けるなと言いながら整えてくれた。また、髪の毛も染めようと言って染めてくれた。その染料は中国製の「美源」という製品で、私は初めてであったが、手軽である。髪を染める時、顔に食用油を塗ると言う。どうしてかと聞いたら、顔に染料が付いたときよく落ちる、と言っていた。

髪の毛も数回切ってくれた。男も女も器用である。

ラウルが木のつるでカミーラ用にとハンモックを作って持ってきた。使ってみると座り心地が非常によく、重宝した。つるが伸びて地面に届くようになるとどこかを調節してくれた。つるが乾いて切れて使えなくなるまで、昼間歩く以外はこのハンモックにいた。

私も暇、彼らも暇を持て余していた。

この場所で初めてサソリを見た。黒と茶色、ちょっと赤っぽい茶色である。黒色はちょっと小型でいかにも毒を含んでいるという感じがした。湿っている腐った木の下にいた。

私はこの赤っぽい方のサソリに頭と太ももを刺された。太ももは自分で毒を吸い出したが、頭はゲリージャが吸ってくれた。サソリも本気で刺したのではないらしく、事なきを得た。

セミはよく夜中まで鳴いていていてにぎやかだった。蛍もいた。小型の蛍だった。

夜中に蛍の何倍も光る虫がいて、とても明るかったが、その期間は非常に短かった。

ラウルがカミーラの慰めになるようにと言って、山の中にいるナマケモノを抱いてきた。あの鋭い爪が肌に食い込んでいて、皮膚が破れて血が出るだろうと思って見ていたが、その爪を一本一本はがし、肌は傷ついてもいない、町に住む人間ではこうはいくまい。木に縛り付け、1週間くらい私の近くにいたが、そのうちゆっくりゆっくり逃げ出した。


天気の良い日、マンゴーが大袋に二つ担ぎ込まれたことがあった。日本ではこの種類を見たことはない。日本でいうマンゴー（Mango）は、サン・クリストバルではマンガ（Manga）と呼び、大味であると言われている。ここで食べたマンゴーは、小ぶりでベージュ色で赤味は帯びていない。マンガに比べて収穫できる時期も短いらしい。私も小型ナイフを貸し与えられ彼らに背を向け一緒に満喫した。背を向けるのは、彼らは私の前に出る時には必ず覆面をするので、そのままではマンゴーは食べることはできないからである。

このマンゴーという果物は、上品に食べることは難しい。繊維が多く食べるときは皮をむいてかぶりつく。種は大きいし、繊維は多いし、日本だったらきっと品種改良をするだろうと思った。

アナはどうも妊娠したらしくてよく吐いていた。相手はアントニオという若者らしい。日本人の子供と言われている男もアナを追いかけていたようだが、ニヒルと言うか暗い感じで、どうも振られたらしい。この男からもハイロからも、アナの横に休んでいる私に、アナのところへの訪問者を聞かれたが、もとより私が知るわけがない、と答えた。ハイロの言うには、山に入っている間の恋愛は禁止、人質への暴力も禁止という。そのようなことが起これば、任されている自分の責任という。

アナは気にしていたが、現れたフェヘにおめでとうと言われた、と言っていた。日本人の子供と言われている男は、いつの間にかこのアジトからいなくなった。

第四のアジトの時は、ゲリージャ達の言う敵対組織が襲ってくるかもしれないという緊張感が、アジトに漂っていた。よく夜中にフェヘが来たり、朝起きてみると新たなハンモックが吊ってあったり、銃の点検をしているのをよく見かけた。

ここ、第五のアジトではあまり緊張感は感じられなかった。

ゲリージャ達は何をするでもない、暇である。完成品を見ながら、敷布から糸を一本一本抜いて、時間をかけてハンモックを作っていた。私は「重みでもつはずがない」と言ったが、完成して私が解放されるときもまだ使っていた。いろいろの糸で腕輪なども作り、自分で使ったりしていた。

また、新しいゲリージャが入ってきた。ここに来てから10日目くらいで、盲腸炎になった。一晩中唸り声をあげて苦しんで、その翌日仲間に付き添われて山を下りた。胆石がある上に盲腸炎になったという。

日本の警察だったらここからでも犯罪グループを割り出すだろうに。何月何日ころ160センチくらいの背丈の、23〜24の男がと。犯罪者が多すぎるということかもしれない。

夜中に、カミーラ、医者が来たから診察を受けるようにと起こされた。目出し帽をかぶった確かに医者らしい人が3名のお供と来ていた。医者らしいとは、手の感触である。色が白く診察する手が柔らかい。一言も口を利かず、お供が横になるようにと言い、脈を診て血圧を測り肌の弾力を見て目を見て、それで終わり、それが診察である。

私は病気ではない、解放されれば元に戻る、あなたも医者ならわかってほしい、と訴えても全く返事は返ってこない。それから数日後、体力が落ちているから点滴をするという。私は病気ではないから必要ない、解放されればすぐ元に戻ると拒否したが、上からの命令であれば我々は実行しなければならないと言い、腕を縛り付けて点滴を始めた。その点滴はうまくいったが、2回目は血管が出ないのに無理をして点滴を始めたところ腕は丸太のように膨らんでしまった。私はハイロを呼び、体力をつけるための点滴なのに、これでは逆効果であると主張した。

点滴はやめたが、ゲリージャの男がその点滴液を栄養剤とばかりに飲んだらしい。結果は、顔が見事真ん丸になった。目は引っ込み、私の前では目出し帽を何時も被っているのだが、その必要もない。それが2日くらい続いたか。

アナは、自分の子供がいつごろ生まれるかもわかっていない。私に聞いてきたので日本式に計算して教えてやったところ、カミーラは物知りだ、と言うようになった。

それまでは、カミーラ、この場所から町に出るまでどのくらいあるか知っているか、というようなことをよく言っていた。4日はかかる。馬に乗って、川を渡って……というようにいかに山奥であるかというようなことを言うので、初めは私も今の時代は4日あれば月まで行って帰って来られるなどと反論していたが、途中から何も言わずに、いかにも興味がないようなふりをしていた。

しかし私はゲリージャ達の特徴を記憶するよう、また忘れないようノートに書いていた。一番の彼らの特徴は刺青である。腕とか足の刺青は隠しているが、うっかりして見せてしまった時は、ちゃんと記しておいた。どういうつもりか、チェ・ゲバラの顔の刺青がよく見られた。

高い木に囲まれているためか花はあまり見なかったが、ここでは私が想像したことも見たこともないようなきれいな花を見た。直径20センチはある橙色の原色の花である。枝に花が咲いているのではない。幹に咲いているのだ。遠方からそれを見て、私は思わず走り寄った。その花の中には、小さいアリがいっぱいいて、私は手にすることもできない。私についているゲリージャがその花を取り、アリを払い落としてくれたが、まだアリは花の中にいる。

何という花だろう。サボテンに月下美人というのがある。大きさは同じくらいで、それはそれできれいだが色が薄い。こちらの花の方は花弁がダリアのようにびっしり付いている。

その花を持って家に送る写真を撮った。カメラの調子が良くない、とか話していた。久しぶりの写真である。例によって例のごとく敷布なのか掛布なのか、布を木と木の間に張って写した。生存の証拠として家に送られたわけだが、花がよく写っていないのが残念である。

この花の命は短い。すぐダメになってしまう。

# 九　解放・生還へ

——洋子記

## 第六のアジトへの移動

初めての昼の移動である。大きな荷物は馬で運んである。第五のアジトからそんなに遠方ではない。昼の移動といっても、山の中ゆえ、人っ子一人出会うわけではない。太陽の下、やはり直射日光は強烈である。

上のテントは張られていた。私は前方のテントの下に、こっちは絶対振り向くな、と座らせられた。ちらっと見たところ6、7人がいた。

この場所ではよく雨が降った。

常夏の国と言っても雨が降ると肌寒い。寝場所、つまり蚊帳があるところの並びに別のテントを張り、火を燃やす。大きな太い木は火力が強い。私はゲリージャが見渡せないところに座り、一緒に暖を取った。

雨が降ると食事作りにも支障を来す。馬に乗せてプロパンガスを運んできた。日本にあるのと同じ大きさ25キロくらいのものだ。明け方の寒い時、ガスの残量がはっきりわかった。

炊事用の水はゲリージャの言う天然水、つまり雨水である。

夜中、寒い時は、寝袋とかベッドの下に敷いてある古い蚊帳を掛けた。とにかく夜は寒かった。

トウモロコシを大袋に入れて2袋持ってきた。これを生のまま削りとり、ミンチにしてトウモロコシの皮で包みそれを蒸す。材料は異なるが日本のおかしわ（柏餅）を連想した。1日2食だが、若者が多いためか、この時は何時でも食べていた。

雨が降ると散歩はできない。雨が上がると、ぬかるみに足を取られないように注意しながらも歩いた。とにかく歩ける時は歩いていた。

私の風呂（水浴び）は今度は川である。テントがあるところから、50メートルくらいぬかるみを歩いた。川幅が3メートルくらいあり、腰くらいの深さで流れは穏やかである。私が泳げたら逃げられるかもしれない、そんなことを思った。

大雨が降った2、3日後、私の胸まで水かさが増していた。そして7、8メートル下流に木の葉や小枝がいっぱい浮かんでいた。川の表面から見えない水中に、私の脱走を防ぐ柵が作ってあったのが分かった。泳ぎは出来ない、山は知らない、私一人ではとても脱走は無理と改めて感じた。

アナはお腹が目立ち始め、ぬかるみのなかを私の水浴びについて来られなくなっていた。しかし無言で私にピストルを示している。カミーラ、逃げてもピストルがあるよ、と言っているのだろう。

雨が降るとゲリージャ達は大声で歌い、テントから落ちる雨水でシャワーを浴びる。彼らは言う、ゲリージャは雨が大好きだと。どうして好きか？　と聞いたら好きだから好きと、私には理解できない返事が返ってきた。ゲリージャがよく口にしている「敵対組織」が、雨のため襲いにくくなっているからだろうと推測した。

また写真を撮るという。この前はカメラの調子が悪いと言っていたが今度は大丈夫なのだろうか。いつものように、木と木の間に布を張った。

早く解放されたい、私はもう、限界だ。しかし、お金の都合がつかないのだろう、と家族の心痛を思った。ベネズエラの法律は、結婚している場合、財産の処分は夫婦２人のサインが必要だと聞いている。私は特別財産を持っているわけではないのに、間違いで誘拐されたのだから……。ゲリージャの要求額は、ケタ外れであったから、きっとまとまったお金が揃わないのだろう。50代後半の私はあと何年生きられるのだろう。私の為に支払われる身代金を、これから稼ぎ出すことが出来るだろうか？　希望を持っていれば必ず叶えられるかもしれない。しかし、その為家族の生活が今まで以上に脅かされたら、これ以上家族に迷惑を掛けられない。苦悩と不安と、もしかしたらという期待、と。

蓄えられている食料品は目立って少なくなっていった。使用するだけで、補給がされていない。食料が少なくなっているのは、天候が悪いからと言っていた。ガスが使えるので、煮豆はよく出てきた。日本の煮豆と違い塩味である。煮豆が出ると何回も同じものが出てくる。こちらの人は好んでよく豆を食べる。

## 出　発

静かである。私の周りには、前には常時6、7人がいた。しかし今はアナ、ラウル、ハイロ、アントニオと呼ばれている4人だけしか目につかない。いつも自由に歩いていて、目に入らなくても監視の目は肌で感じていたのだが、それも感じなくなった。

雨の日、テント内をうろうろしていたら立派な鞍が目についた。そしてちょっと遠くに大きな毛並みの良い馬と、それより小型の馬も見えた。馬を見た時、私はまた次の移動だろうと思った。

**2003（平成15）年7月4日、**その日は晴れていた。

アナが、今指令があった、他のゲリージャが攻めてくる、早くここを逃げねば我々も危険だし、カミーラも流れ弾に当たる恐れがある、早く荷物をまとめるように、と急かす。

私のまとめる荷物とは、貸し与えられているかばんに入っている上下のスポーツウエアと2冊のノートだけである。

ゲリージャが前もって「解放する」というわけがない、解放はきっと急だろう。そのことを思い、私はノートのページを2、3枚破り、ノートに書いた内容を箇条書きにして隠していた。ノートを取り上げられても、少しのほんの少しの記録でもきっと役立つだろう、そう思って細かい字でぎっしり覚書のつもりで書いていた。

このアジトを出る時、1本の丸太が渡してある水たまりに落ちてしまい、その切れ端は濡らしてしまった。私には暇があるからその覚書をまた作って身につけておけばよい。この時に解放されるとは思っても見なかったのは、私の大事なノートが入っているかばんが一緒だったからかもしれない。

このノートは、今は命の次くらいに大切と位置付けていた。そして切れ端で隠し持っていた覚書を元に、私はこの体験を書くつもりでいた。

丸太橋を渡ったところはぬかるみで、ゴム長靴を履いていても歩き難い。太陽の光が強かったのを覚えている。そこにあの立派な馬が鞍をつけて待っていた。ハイロと一緒にその馬に跨り、他の1頭にラウルが乗った。ハイロの手綱さばきは見事である。俊足で走っても怖いとは思わなかったが、周りを見るゆとりはなかった。

着いたところには平屋が建っていて、2、3人の人が軒下に立っていた。私はハイロに手をとられ全速力でその平屋の前を走り抜けた。そこには木製の船着き場が作られていて、大きな筏がエンジンをかけて待っていた。それに飛び乗り川を下った。

私はその時点でも解放されるとは思っていなかった。第七のアジトへの移動だろうと思っていた。

筏に乗ってすぐ寝転ぶように言われ、テントをかけられた。風景を覚えさせたくなかったのに違いない。筏に乗っていた時間はそんなに長くはなかったと思う。筏ゆえやはり水しぶきがかかった。筏に乗せられた場所は、川幅が広く水量も豊かだった。この筏はきっと牛を運んだりするためのものだろう、と後で思った。

筏が着いた場所は、川幅が狭く、水量も少なかったし、もちろん船着き場もない。ここが第七のアジトになるのだろうか。ゲリージャ達は私を降ろし、土手の上を指して、あそこに行くようにと言う。見上げると1人の男性が荷台のついた古い車に寄りかかって立っていた。

私のかばんを降ろして、と言う間もなく、ハイロとラウルは、手を額に当てて敬礼のようなしぐさをして、エンジンの音も軽く上流へ筏と共に消えた。

滑りやすい土手を這い上がり、私はそこにいた男性の前に行った。

彼は、私はクラウディオ（Claudio）ですと名乗り、あなたは解放された、あなたの息子さんからの依頼で私が迎えに来た、と言った。

私は解放されたのですか？　それでは身代金を支払ったのですか？　と、聞き返した。実感がなかった。

## クラウディオ神父さん

このクラウディオさんが神父さんということは、私は家に帰ってから聞いて知ったことだと思う。

支払ったのだと思うと、神父さんは答えた。

解放されたところは川沿いの田舎で、そこには家もない。神父さんからは、水しぶきがあたって衣類が濡れているから、すぐに着がえるようにと言われ、車内で渡された衣類に着がえた。私の衣服は筏での移動の最中に、私の思う以上に濡れていた。

舗装されていない道をしばらく走っていると、中年の男性が歩いていた。神父さんはどこまで行くか？　と聞いてしばらく乗せてやった。その時に私は、彼はゲリージャかもしれないと思った。誰を見てもあの時の私の精神状態ではそのように思えただろうが、こんな田舎道では知らない人でも乗せてやるらしい。

1時間以上走っただろうか。ようやく舗装道路に出た。この道は首都、カラカスまで続いている道だ。この騒めき、この車両、あーあー、私は解放されたのだ、と実感できた。雨が降ってきた。まだ明るいうちに大通りに出てこられて良かった。

私は神父さんに家族のことを聞いた。

みんな元気だと思う、私はドクター（長男秀樹）に頼まれて来ただけだから、という返事だった。私は今日の朝からの騒動に疲れていたし、うとうとしていた。神父さんも口数は少なかった。

神父さんとの問答も断片的に覚えているだけではあるが、家のことを聞いても確答が帰ってこなかったし、夫のことを聞いた時も頼まれて来たので私は知らないとの返事で、今思うに家族のことを話し難かったのだろう。彼は私に夫の不幸を知らせる立場になく、また元気であるとも「嘘」はつけなかったに違いない。

クラウディオ神父さんは、秀樹と似たような年恰好で、30代後半くらいと思われた。卓球が好きで上手だとのことで、その当時田舎の教会を任されていたという。私が元気になってから、卓球好きの秀樹が、山の中の教会に神父さんを泊まりがけで訪問したこともある。

カトリックの神父さんが異教徒である私の為に、生命の危険を承知であの不便な田舎まで迎えに来てくれたのだ。あとで聞くとゲリージャ達からあっちへ行くように、そこで止まれ、今度はこっちに行くように、と再三の指示の変更があって、身代金を持ったまま、朝から食事も摂れず振り回されていたという。支払いは山の中の、その場所はゲリージャが出る、と言われているいわくつきの場所だった、という。

ゲリージャ達は追跡者の有無を調べていたのだ。その時、身代金を支払ったということを、私はずっと後になって聞いた。

前にカトリックの修道女が、誘拐された人を救うため出向き、犠牲になったと聞いたことがあった。国民の95パーセントはローマカトリックの信者だと言われているのに、怖いことである。聖職とは、自分の危険を顧みることなく人のために尽くす人達であるということが、実感できた。

雨脚が強くなってきた。大通りに出てきてからで良かった。私は本当に自由になったのだ。

神父さんは道沿いにあるレストランに車を止めて、私にも何か食べるようにと言ってくれた。食欲は無くて、それでもジュースを取ってもらった。そこに1時間程いた。神父さんの疲労はどれ程だったろう。

ここに秀樹達が迎えに来るという。車の中で待っていると、秀樹、正明、それにアリスが来た。その場所は家から2時間ばかりのところだという。

まず、正明と抱き合った。「ママ、良かったね」という言葉が身に染みた。秀樹、アリスとも、同様に喜びを分かち合った。でも、夫の姿が見えない。私の問いに、正明は、パパはものすごいストレスでドクターストップがかかって、クマナのアパート（正明が持っている海辺にあるアパート）で静養しているという。早くパパに知らせて、もうパパに知らせた、という言葉を私は信じていた。

神父さんの乗っていた車は今度は秀樹が運転した。神父さんの疲労は極限状態だった。私は正明の運転する車でサン・クリストバルに向かった。

車中では何を話したのだろう、今覚えているのは、パパは血圧がものすごく高くなっていて、家にいるのでは余計心配が大きいから、僕達に任せるように言って休んでもらっている、という正明の言葉であった。

サン・クリストバルに入った時、正明の携帯が鳴った。弟の正和からの電話だった。解放される予定と聞いていたので、問い合わせてきたのだという。

私は受話器を受け取り、ほんの二、三言ではあったが、正和と話すことが出来た。

# 十　生還

——正明記

## 母の生還

4月以降は犯人達との接触方法は電子メール経由に変わり、やりとりは身代金の金額交渉が主な内容だった。7月に入って直ぐに、ようやく身代金の額が決まった。そしてまた新しく「生存の証拠」が送られてきた。直ぐに兄に連絡した。お金も用意した。

もう一つ用意した物がある。今度の交渉場所へ行くには、前回よりずっと困難な道を通らなければならないと犯人達に言われていたので、深山さんからフォードの荷台のついた車を借りた。前回、私達の要請に快く応じてくれた、あのクラウディオ神父さんにも連絡を取った。兄もバルキシメトからサン・クリストバルへ戻ってきた。

2003年7月4日朝8時ごろ神父さんが来て、犯人達からの連絡を待った。8時半ごろ携帯電話で交渉場所を指示してきた。前と同じあの女の声だった。神父さんは午前9時ごろ出発して指示された道を進んだ。私達はＣＩＣＰＣには今度もこのことを通告していなかった。希望と不安の数時間が過ぎていった。そして午後遅くなってから、神父さんが携帯電話で非常に興奮した声で、「La tengo conmigo.（彼女は私と一緒にいる）」と言ってきた。それを聞いて願いを叶えて下さった神様に心からお礼を言った。

私はベネズエラに生まれカトリックの洗礼を受けているが、今までお祈りは余りしていなかった。ある人から、沢山の悩みや心配事について、1人で悩むのではなく、神は存在する、神にお願いすべきだと言われたことがある。今では毎日の夜のお祈りは習慣となっている。

またしばらくして、もう大分暗くなってきていたが、神父さんから、今サント・ドミンゴの空港の手前にある橋の近くの高速道路の傍に車を止めたところだ、と電話が来た。そして母は父について何も知らないと慎重な声で言った。

兄夫婦と私はその場所へ急いだ。そこへ着いたとき、車の中で周りを見渡している母のシルエットが見えた。そして私達に気付いて車から降りてきた。私達は抱き合った。母は誘拐集団から支給されたというゴム長靴を履いていた。

この再会で確かに私達は狂喜した。だが完全ではなかった。家族の土台となるもう1本の柱が欠けていた。母は「パパは？」と聞いた。私達は後で電話しようと応じた。それ以上何も言わずに、その時はそれで済んだ。母とアリスが私の運転する車に乗った。兄は神父さんと一緒に神父さんが運転していた車に乗って、共にサン・クリストバルへ帰った。

サン・クリストバルへ着いて最初にしたことは、病院へ行って医師の診察を受けるために、母の着る服を探すことだった。パジャマはもう買ってあった。病院へ着くと母は担当医のエルメル・ゴメス医師の診察を受けた。多くの兄の医師仲間達が挨拶に来たが、担当医は誰も母の見舞い客を受け付けなかった。私達には母がどんな健康状態で帰ってきたのかまだ分からなかった。診察の結果、極度の疲労、やせ細った身体、脱水症、無数の虫刺され跡など、見た目には無残な姿だったが、精神的には比較的正常だと診断された。

その診察の後、母はサン・クリストバルの人々の消息を尋ねた。そしてパパはどこにいるのと何回も尋ねてきた。それで私達はパパはクマナ（私が住んでいたアパート）に無事でいると答えた。すると母は父の所へ電話するよう言い張った。私達は父の今いる所には電話がつながらないから、もっと後で連絡しようと母をなだめた。

私達は母の帰還を報道機関に知られたくなかった。しかしもう既に知られていた。最初にこのニュースを報じたのは、NHK国際放送、CNN、RCNだった。そのあと国内放送がこのニュースを流していた。家には報道記者がそのニュースを知って、多数待っていた。

記者の1人が、私達の母が父の亡くなったことを知っているかと尋ねた。私は「ノー」と答えた。そこで兄はそこにいる記者達に病院で時刻を決めて記者会見をすると約束した。しかしその約束の時刻には母の病室と同じ階に記者達が大勢居合わせていたので、家に取材に来ていた記者達との記者会見はできなかった。

## 真実を告げる

母がタチラテレビ（ＴＲＴ）にチャンネルを合わせるように言ったので、そのチャンネルに回すと、ニュース番組が始まっていた。まさにその時、キャスターが私達の父の身の上に起こったことを母が知らないことについて触れようとした。あわてて私は他のチャンネルに変えた。これは母が父の不在について何も知らないことの取材発表だと私達には分かっていた。母は元のチャンネルに戻すようにと言ったが、私はそのままにしておいた。

次の日、「ヨーコ（Yoko）は夫の不在を知らない!!」と地方紙の第一面に載っていた。もうこれ以上母に隠しておいてはいけないと思った。また誰かが軽率に母に告げてしまう前に、打ち明けるべきだと決心した。

7月6日、日曜日の午後、病院の母の病室で、兄と私は母の身体の調子を考慮に入れながらも、母に向かって、父はクマナにはいない、私達と一緒ではない、すでに亡くなったと真実を打ち明けた。母にはそれが信じられないらしく、パパが死んだ、パパが死んだと、何度も何度も繰り返していた。その日の午後、母の親友の深山みち江さんが見舞いにきてくれて、しばらくの間2人で話し込んでいた。

母は3泊4日入院した後で、7月7日に医師の再診察後に退院の許可をもらって家へ帰った。そしてあんなに好きだった店へも行かず、誰とも会わず、数日間家の中にじっと閉じこもっていた。母は以前のような活気を取り戻そうと努めているように私達には見えた。大勢の母の知人が、以前のように母に会えると期待して店にやって来た。しかし、彼女達には、母はまだ疲れがとれなくて部屋で休んでいると言って、引き取ってもらった。

## 母の生還感謝ミサと父の一周忌ミサ

数週間を経た日曜日、母の帰還の感謝ミサを、身代金受け渡しに単身出向いて、見事に母を連れ戻してきてくれたあのクラウディオ神父さんが、コンコルディアのエル・ロザリオ教会で執り行った。あの長かった母の解放交渉を終わらせた重要人物こそが、今ここでミサを執り行っている神父さんだとは私達を除いて誰も知らなかった。教会は知っている人、知らない人で満員になった。日本から妹の麻理と母の姉の喜美恵伯母が出席した。教会の合唱隊が讃美歌を歌った。そして再び、父の古くからの友人である高校教師のアルヒミロ・エルナンデス先生が、2、3分間と断って、感動的なスピーチをした。母は顔見知りの人々と抱擁を交わし、元気付ける言葉をかけられ続けた。ミサの後、母は次第に元気を取り戻し、以前の日常生活に戻り、店にも出るようになった。

因みにクラウディオ神父が果たした重要な役割は、警察の一部の幹部と私達以外には誰にも知らされなかった。この秘密はそのほかの秘密とともに堅く守られた。現在でも2014年に入っても守られている。兄はこのクラウディオ神父さんと深い友情を築き、機会があれば2人してピンポンに興じたりしている。

母の生還から4カ月、父が亡くなって1年経って、一周忌ミサをラ・エルミタ教会で行った。ミサの後、近親者だけの小さなレセプションを開いた。その時、兄はモンカダ枢密卿に父の亡くなる1週間前に自分の身の回りで起きた出来事を話していた。

それは2002年11月初めのことだった。バルキシメトのある場所で警官隊と犯罪者グループとの銃撃戦があって、数人のけが人が兄の勤めている病院へ送り込まれた。周りの人達はこんな悪人なんか助ける必要はないと思ったようだが、兄は医の倫理上、手術に最善を尽くしてその悪人達の命を救った。そしてその1週間後に、そのような同類の悪人どもに私達の父は無残にも倒されたのである。兄は世の中の矛盾を痛いほど感じただろう。

父と同年輩ぐらいの人を見かけると、もし父が生きていたならばと父のことを思い出す。父は健康については何も特別なこともせず、普通に生活してきたが、非常に健やかで薬などほとんど服用せず、全く健康そのものだった。父の家系からして、父の母はこの事件当時は健在で、亡くなったのも100歳を超えており、兄弟も皆健在だ。しかし父はその健康とは何の関わりもなく不慮の死を遂げた。あの時のことを振り返ってみると、いろいろなことが悔やまれる。

ボロタで警察が別の行動をとっていたならば、またはもっと専門化された警察隊が配置されていたならば、警官がガレージの前に車を止めて犯人達の車の出口を塞いでいたら、雨が降っていなかったら、近所の人が下手に警察に通報しなかったら、こんな酷い悲劇は起こらなかったかもしれないと、悔やんでも仕方がないことだが今でも繰り返し考えてしまう。

# 十一　其の後のこと

——洋子記

書くということは非常に素晴らしいことであると、改めて認識した。書くことで心の安定を得られたような気がする。その一方で、私はこの体験をきっと書いてやると思っていた。しかし解放された後は、「誘拐」という言葉にアレルギーを感じ、どうしていたかとか、どうだったかという問いに、どうしても答えることが出来なかった。

警察の呼び出しにも国家警備隊の呼び出しにも、体調不良を理由としたが、応じることはできなかった。呼び出しに応じたのは7カ月くらい経ってからだった。背丈は、刺青は、声音は、等々を聞かれた。写真も見せられたが、私の前に現れるときはいつも目出し帽を被っていたから分からないと答えた。見せられた写真の刺青の特徴から、このゲリージャはこの前の警察との銃撃戦で死んだ、という人が2人いた。彼らが私の誘拐に本当に関わったかどうか、私には分からなかったが。

この文章を本格的に書き始めてから、誘拐されて写され、家に送り付けられた写真を初めて見た。写真を送る時に一緒に送るというので、私はいっぱい、それこそいっぱい家族に手紙を書いた。ほとんど日本語で書いた。ところが、それらはほとんど送られて来てはいなかった。でもする事が有ったからこそ精神的に追い込まれずに済んだと思う。私が一番初めに書いた家への便りは、警察が持って行ってしまったという。

誘拐事件から生還した後、日本の兄弟達からは、安全な日本に帰って身体を休めたらと勧められたが、結局一時帰国したのは２００７（平成19）年になってからである。この年麻理の結婚が決まり、結婚式に参列することが大きな目的だった。夫は麻理の日本行きを最後まで反対していた。孫を見ていると、５歳の麻理を我ながらよく手放したと思う。このような事件が起きてやはり麻理は日本で教育してよかったと思っている。麻理と別れる時、電話で麻理が、お兄ちゃんにはパパとママがいる、私には誰もいないと言って泣き叫んだ声が、30年以上経っても耳に残っている。今は良き伴侶に恵まれ２人の子供の母親である。麻理は日本で根を張って強く生きてほしいと思う。

正明も税理士であるフリア（Flia）という良き伴侶に恵まれ、もうすぐ2歳になる可愛い盛りの男の子、一朗を授かった。商人は好きではないと言っていた。折角憧れのトヨタ自動車で技術者として勤務していたが、思いもよらない事件のため、不本意ながらも辞めざるを得なかったことを、私は今でもすまなく思っている。周りのことには案外無頓着なところがあるが、子供をとても可愛がり良きパパぶりを発揮している。

秀樹はこの事件の時はちょうどバルキシメトの大学医学部のレジデントコースにいた。この年の3月、日本への留学から帰って、入ったばかりであった。数日休むと放校になるという厳しい条件があり、秀樹は外科専門医になれなくなると覚悟したという。この時、日本大使館から大学に配慮を要請する電話があったと、後から教授から聞かされたという。改めて翌年2003年3月からやり直しになったが、やり直しできたこと自体が非常に例外的、温情的な対応だという。ベネズエラに住んでいた、また今も活躍している多くの日系人の評判の勤勉さ、真面目さを大学側が評価してくれたものと、今でも感謝している。今は大学で解剖学を教えている。秀樹の長男ヒデキ・ホセは18歳、秀樹のいる大学の医学部に今年（2014年）1月に進学が決まった。

秀樹の長女のナオミは15歳。当地の習慣である15歳の誕生日パーティーを2月に開く予定だったが、反政府運動のため延期して5月に開かれた。

私が誘拐されていた時、秀樹の妻のアリス、子供2人はサン・クリストバルに来て正明を助けていたという。その間秀樹は1人バルキシメトに残って頑張っていたが、手術中に心労から倒れてしまったこともあったという。子供2人の学校はバルキシメトでも有名なミッションスクールで、入学は難関で、転校してしまったら、転入することは無理だと言われていた。この時もサン・クリストバルの神父さんが協力してくれ、転出、更には転入することが出来た。

私達の不注意から大勢の人達に多大な迷惑をかけてしまったが、周りの多くの人達の親切に心より感謝している。また、家族の支えをとてもありがたく思い、改めて素晴らしい家族であることを誇りに思っている。

正明も秀樹も親の目が届かない所で良く育ってくれて、しっかりした人間になったことを夫も喜んでいてくれるだろう。

# おわりに　――洋子記

誘拐事件から10年以上経過して、ようやく私の経験の一端を書くことが出来て、それまで見たくないと拒否していた、息子達の記録にも目を通せるようになった。

一方で、この間には姑（亡夫朗の母）が１０１歳の長寿を全うし、麻理を我が娘のように育ててくれた、義兄（姉喜美恵の夫）も亡くなっている。

事件の後で3回ほどは日本に里帰りしているが、その時に出会った知人達には、事件に触れられてもまともに返事が出来なかったことも、先に書いたような理由があったことと了解して頂きたい。

この異常な体験を書こうとしても、書くことは好きなはずなのに、私一人ではどうしてもまとめることが出来なかった。私に、書くことを勧めたり励ましてくれたのは末弟の正和である。彼は、私が知る由もなかったが、誘拐されて以降、日本にいる私達夫婦の兄弟親族を代表して秀樹や正明と電話、後には電子メールで情報を交換したり、２人の相談に応じたり、日本のマスコミにも対応、外務省邦人保護課との窓口になってくれていたという。少しずつ書いている間に、私達が誘拐されたことを秀樹や正明がどのように知ったのかと、正明に尋ねることも出来るようになった。正明がこの間の苦悩を毎日綴っていたことも初めて知った。そして夫の終焉の地、ボロタに今回初めて出向いて、線香を手向けることも出来た。

私達が苦境にある時に援助を惜しまなかった私達夫婦の兄弟、知人達に感謝しつつ、筆を擱きます。

著者　雨宮　洋子（あめみや　ようこ）

1942（昭和17）年、山梨県塩山市（現甲州市）に生まれ、1966（昭和41）年に山梨県東山梨郡牧丘町（現山梨市牧丘町）出身の雨宮朗と結婚。夫の創業した雑貨店（主に装飾品、日本の計算機、おもちゃ等の雑貨を販売）の経営を引き継ぎ、現在に至る。ベネズエラ、サン・クリストバル在住。

著者　雨宮　正明（あめみや　まさあき）

1972（昭和47）年、雨宮朗・洋子の次男としてベネズエラで生まれ、ベネズエラ・トヨタに勤務、誘拐事件の最中の2003年に退職。以降は母親を手伝うとともに、時計や計算機などの卸をする会社と、寿司と日本食レストランを創業・共同経営。ベネズエラ、サン・クリストバル在住。

編者　吉岡　正和（よしおか　まさかず）

1949（昭和24）年、山梨県塩山市（現甲州市）で５人兄弟の５番目三男（雨宮洋子は３番目次女）として生まれる。山梨市の吉岡医院院長、甲府市在住。

**カミーラと呼ばれた230日**
──ベネズエラで誘拐されて生還した私と、その
間の息子達の行動の記録

---

2015年２月23日　初版発行

著　者　雨宮洋子
　　　　雨宮正明
編　者　吉岡正和
発行者　中田典昭
発行所　東京図書出版
発売元　株式会社 リフレ出版
〒113-0021　東京都文京区本駒込 3-10-4
電話 (03)3823-9171　FAX 0120-41-8080
印　刷　株式会社 ブレイン


ISBN978-4-86223-817-7 C0095
Printed in Japan 2015
落丁・乱丁はお取替えいたします。

ご意見、ご感想をお寄せ下さい。

［宛先］〒113-0021　東京都文京区本駒込 3-10-4
東京図書出版